DA LIEGT EIN TOTER IM BRUNNEN

1967 geboren, verbringt Sven Görtz seine Kindheit im Westerwald und studiert danach Philosophie in Gießen. Er ist Autor, Kabarettist und Sänger. Mit über einer Viertelmillion verkauften Hörbüchern zählt er zur ersten Riege der deutschen Hörbuchsprecher. Seit 2008 ist er die deutsche Stimme des Weltbestsellerautors Paulo Coelho. Er ist seit Jahren mit verschiedenen Live-Programmen im gesamten deutschsprachigen Raum unterwegs. 2010 erschien sein Buch »Liebe ... ist eine besondere Form von Geisteskrankheit«.
www.bad-loewenau.de
www.svengoertz.de
www.facebook.com/dieseitevonsvengoertz

Dieses Buch ist ein Roman. Handlungen und Personen sind frei erfunden. Ähnlichkeiten mit lebenden oder toten Personen sind nicht gewollt und rein zufällig.

Sven Görtz

DA LIEGT EIN TOTER IM BRUNNEN

Ein Krimi mitten aus der Provinz

emons:

Bibliografische Information der Deutschen Bibliothek
Die Deutsche Bibliothek verzeichnet diese Publikation
in der Deutschen Nationalbibliografie; detaillierte bibliografische
Daten sind im Internet über http://dnb.d-nb.de abrufbar.

FSC www.fsc.org
MIX
Papier aus verantwortungsvollen Quellen
FSC® C083411

Umschlaggestaltung: Tobias Doetsch
Satz: César Satz & Grafik GmbH, Köln
Druck und Bindung: CPI – Clausen & Bosse, Leck
Printed in Germany 2013
ISBN 978-3-95451-070-2
Originalausgabe

Zu guter Letzt läuft alles darauf hinaus, an den entscheidenden Stellen die richtigen Fehler zu machen.

Tom Smart

Willkommen in Bad Löwenau!

Der Schauplatz

Irgendwo in Deutschland liegt Bad Löwenau, eine Kleinstadt, wie sie im Buche steht: beschaulich, hübsch und friedlich. Wahrzeichen ist der Löwenbrunnen am Marktplatz mit seinem Kopfsteinpflaster und seinen altehrwürdigen Fachwerkbauten. Ein Vielfaches der eigenen Bevölkerung besucht jährlich die Stadt: Kurgäste, Touristen und Ruheständler. Doch hinter den schmucken Fassaden brodelt es, und die Idylle tut das, was sie immer tut: Sie trügt ...

Einige Bad Löwenauer

Christoph Rubin
Fünfundvierzig Jahre, verheiratet, Kriminalhauptkommissar und Leiter der Polizeiinspektion. Er kehrt nach fünfundzwanzig Jahren Dienst in der Großen Stadt in seine Heimat Bad Löwenau zurück und kann sich nur wundern, was in der Zwischenzeit so alles passiert ist – und was heute so alles passiert.

Carl Bernstein
Vierundvierzig Jahre, unverheiratet, Journalist. Autor der legendären Kolumne »Der Tag in Bad Löwenau«. Er kleidet sich extravagant und spricht auch so. Bernstein hat nur zwei Schwächen: die Frauen und – die zweite hat er vergessen.

Ricardo
Einundfünfzig Jahre, verheiratet, Besitzer des italienischen Restaurants »Da Ricardo« am Marktplatz. Nur zwei Dinge können sein Leben versalzen: schlechte Pasta und eine Niederlage von Inter Mailand. Ein Lächeln seiner Frau Caterina versüßt es ihm wieder.

Freitag
Zwei Jahre, unverheiratet, Golden Retriever und der treue Begleiter von Hauptkommissar Christoph Rubin. Er bändelt gerne mit Hundedamen an, bringt Stöckchen und tapst ansonsten sehr zufrieden durchs Hundeleben.

Franziska von Roth
Ungeklärtes Alter, geschieden, Bürgermeisterin von Bad Löwenau, auch »Die Fürstin« genannt, weil sie die Geschäfte der Stadt eigenmächtig nach Gutsherrenart führt. Wenn es um die Bewahrung des guten Rufs von Bad Löwenau geht, kennt sie weder Freund noch Feind.

Buchhändler Weimar
Zweiundsiebzig, verheiratet, versorgt die Bad Löwenauer mit guten Büchern und genauen Beobachtungen. Er ist ein klassischer Buchliebhaber, dessen Menschenkenntnis nicht zuletzt auf dem schönen Satz beruht: »Sage mir, was du liest, und ich sage dir, wer du bist.«

Iris Adler
Einundvierzig, unverheiratet und Inhaberin der Adler-Apotheke am Marktplatz. Sie sieht in Abendgarderobe wie im Apothekerkittel gleichermaßen blendend aus. Bernstein nannte sie in seiner Kolumne einmal »die attraktivste Pillendreherin seit Lucrezia Borgia«.

1

Es gab einen Schlag – einen Riesenschlag.

Holz traf Schädel. Oder Schädel traf Holz.

Er sah silberne Sternchen, Kreuzchen und wirre Kreise, die wie winzige Ballerinas vor seinen Augen tanzten, während sein Kopf brummte wie ein alter Kühlschrank.

Er stieß einen dumpfen Laut aus, der wie aus nebelverhangener Ferne an sein Ohr drang. Gleichzeitig spürte er die Spitze eines Nagels, der sich von der Stirn über die linke Augenhöhle langsam in das Innere seines Schädels bohrte. Doch zum Glück stoppte der Eindringling, und eine unsichtbare Hand zog ihn wieder heraus.

Genau in diesem Moment verließ ihn der Schwindel, und er konnte wieder aufatmen.

Hauptkommissar Christoph Rubin, der neue Leiter der Polizeiinspektion von Bad Löwenau, hatte in seinem Büro eben den ersten Earl Grey mit viel Milch zubereitet und sich auf dem Stuhl entspannt nach hinten fallen lassen. Dass dieses bequeme Fallenlassen allerdings kein Ende nehmen würde, damit hatte er nicht gerechnet. Die Lehne gab nach, als bestehe sie aus Luft – und ließ ihn haltlos ins Leere stürzen.

Rubin ruderte mit den Armen und versuchte vergeblich, die Balance zu halten. Mit der linken Hand verfing er sich in einem Aktenordner im Regal hinter ihm, und das machte die Sache noch schlimmer. Er riss das gesamte Regal um, das laut krachend über ihm zusammenbrach.

Gleichzeitig riss das Regal ein Bild von der Wand, das sich augenblicklich in ein gefährliches Geschoss verwandelte. Es traf Rubin hart an der Stirn und nahm ihm vorübergehend die Besinnung.

Das Bild in einem schweren Eichenrahmen zeigte übrigens eine idyllische Federzeichnung von Bad Löwenau.

Freitag, der Golden Retriever, der zufrieden auf seiner Decke vor sich hin gedöst hatte, bellte dreimal kurz und trocken auf, sprang seinem Herrchen zur Seite und wollte helfen – wusste aber nicht, wie.

Vom Lärm alarmiert stürmte Polizeiobermeister Schwarze in Rubins Büro, verschaffte sich rasch ein Bild von der Lage und konnte ein Grinsen nur schwer verbergen.

»Oje, geht's wieder, Chef? Ich fürchte, das war ein kleiner Scherz von unserem Hausmeister Schulte.«

»Schulte?«, fragte Rubin verwundert. »Alfred Schulte? Der früher Hausmeister am Gymnasium war?«

»Tja, einmal Hausmeister, immer Hausmeister«, antwortete Schwarze. Und fügte mit einem Schmunzeln hinzu: »Er hat schon einen wirklich komischen Humor, unser Schulte, das muss man sagen.«

Rubin sagte nichts und rieb sich den Nacken.

Das fing ja gut an, dachte er, an diesem regnerischen Morgen im Februar.

Rubin war erst seit drei Tagen Leiter der Polizei von Bad Löwenau. Er war aus der Großen Stadt in die Provinz versetzt worden, weil er über die beste Voraussetzung für die Stelle verfügte: Rubin war ein Bad Löwenauer.

Er war hier geboren und aufgewachsen, hatte am hiesigen Gebrüder-Grimm-Gymnasium sein Abitur gemacht – mit einigermaßen überzeugenden Zensuren – und hatte danach Bad Löwenau verlassen, um in der Großen Stadt die höhere Polizeilaufbahn einzuschlagen.

Das war jetzt fünfundzwanzig Jahre her.

»Ich versuche, Schulte auf seinem Handy zu erreichen, damit er die Sache wieder in Ordnung bringt«, sagte Schwarze.

Er trug eine blitzsaubere Uniform, darunter ein Hemd, das scharf gebügelt war. Rubin trug Sakko, Hemd, Weste und stark verblichene Jeans, die am Saum leicht ausgefranst waren.

Das Haar von Schwarze war grau, glatt und akkurat getrimmt. Rubins Haar war verstrubbelt, und man sah ihm seine fünfundvierzig Jahre nur an den Schläfen an.

Rubin befühlte seine Stirn. Die Stelle, an der ihn der Holzrahmen getroffen hatte, war geschwollen und verursachte einen brennenden Schmerz. Zum Glück dröhnte es nicht mehr in seinem Kopf. Doch an seinem Finger war Blut.

»Die Wunde sollte versorgt werden, Chef. Am besten, Sie gehen damit zu unserer Frau Cerni. Die kennt sich damit aus.«

Rubin stieg die Steintreppe in den ersten Stock hinauf, wo sich das Büro der Polizeimeisterin befand. Freitag blieb in Rubins Büro und schnüffelte an den weithin auf dem Boden verstreuten Akten.

»Oh nein, ist es doch so schlimm?«, sagte die blonde Polizistin halb bestürzt, halb amüsiert, als sie Rubin erblickte. »Ich habe den Lärm bis hier oben gehört. Tut es sehr weh, Chef?«

Rubin schüttelte leicht den Kopf.

»Nehmen Sie es ihm nicht übel, Schulte ist eben so. Das war seine Art zu sagen: ›Willkommen daheim!‹«

Rubin nickte und fragte: »Haben Sie ein Pflaster für mich?«

»Natürlich, der Verbandskasten steht immer bereit. Man weiß ja nie, was so alles passieren kann.«

Als Jana Cerni mit einem großen Pflaster in der Hand vor Rubin stand und Maß für die korrekte Position nahm, stieg ihm unerwartet der seidige Duft ihres Parfums in die Nase.

Für einen kurzen Moment war Rubin wie verzaubert, es war schon das zweite Mal an diesem Morgen. Seine Frau hatte beim Frühstück auch einen besonderen Duft verströmt, hell, leicht und frisch. Dessen Note nach Akazie, Immortelle und Orange hatte Erinnerungen an ihren letzten Urlaub auf Elba wachgerufen. Er schloss unwillkürlich die Augen und sah plötzlich wieder das in der Morgensonne glitzernde Mittelmeer, die Steilküste und die Zypressenhaine ...

Polizeiobermeister Schwarze riss ihn jäh aus seinen Tagträumen. Atemlos stand er in der Tür, sein Diensthandy ans Ohr gepresst. Mit weit aufgerissenen Augen rief er:

»Da ist Hausmeister Schulte am Apparat!«

»Schön, wann kann er kommen?«

»Er sagt, es ist besser, wenn Sie kommen, Chef!«

»Warum das?«
»Wir haben einen Toten!«
»Wo, in der Klinik?«
»Nein, Chef, im Brunnen!«

2

Mit Brunnen meinte Schwarze den Löwenbrunnen, das Wahrzeichen von Bad Löwenau, mitten auf dem beschaulichen Marktplatz mit dem alten, groben Kopfsteinpflaster, der Zierlinde mit Rundbank und den renovierten Fachwerkbauten.

Der Löwenbrunnen war jedoch mehr als das rein symbolische Wahrzeichen der Stadt. Sein Inhalt war es, der den Ruf und den Reichtum von Bad Löwenau begründete. Denn das Wasser des Brunnens war kein gewöhnliches Wasser, sondern kostbares Heilwasser, dem unglaubliche Wunderdinge zugeschrieben wurden.

Von der Polizeiinspektion bis zum Löwenbrunnen waren es keine fünfzig Meter. Ohne lange zu überlegen, stürzten Polizeiobermeister Schwarze und Jana Cerni nach draußen. Auch Freitag rannte los, kläffte und wedelte mit dem Schwanz. In seiner Begeisterung lief er Schwarze zuerst in den Laufweg, dann in die Beine. Der Beamte fluchte, Freitag bellte.

Rubin blieb auf dem überdachten Treppenabsatz vor der zweiteiligen Tür der Polizeiinspektion stehen. Er schloss seinen Wollmantel, der vom Hinweg vor kaum einer Stunde noch feucht war, und zog einen festen Knoten in seinen Schal. Er spannte seinen Schirm auf und hörte, wie der Regen auf das Glasdach über der Tür trommelte.

Er hatte sich seine Rückkehr anders vorgestellt – ruhiger und beschaulicher. Er hatte gehofft, mehr Zeit zu haben, sich wieder an die altbekannten Dinge gewöhnen zu können, die ihm jetzt seltsam fremd vorkamen.

Doch daraus würde nichts werden. Da lag ein Toter im Brunnen. Er musste handeln.

Der Marktplatz füllte sich allmählich mit Menschen. Kurgäste, Touristen und Einheimische näherten sich dem Löwenbrunnen und blieben angesichts des Toten darin entsetzt stehen. Kaum jemand wagte laut zu sprechen, sei es aus Pietät, Überraschung oder vor Entrüstung. Niemand wusste, was er tun sollte.

Die meisten Menschen hatten leere Gefäße zum Abfüllen mitgebracht, Wasser- oder Milchflaschen aus Plastik, Tonkrüge, Einzelne sogar Einmachgläser mit Glasdeckel und roten Einmachgummis. Das Heilwasser war gratis, eine großzügige Geste der Stadt, die sich über die Jahre mehr als bezahlt gemacht hatte.

Rubin trat zu Schwarze und Jana Cerni, die bei einem kleinen Mann mit riesigem Bauch und kleinem Kopf in altmodischer Arbeitsmontur standen: Hausmeister Schulte musste mittlerweile mindestens fünfundsiebzig Jahre alt sein.

»Willkommen daheim, mein Junge«, sagte er mit listigem Blick. »Kennst mich doch noch, oder?«

Rubin nickte. Schulte hatte seinerzeit am Gymnasium ein hartes Regiment geführt. Er musterte ihn und dachte: Schulte gehört zu den Menschen, die nur ein Alter haben, das sie vierzig Jahre unverändert mit sich herumtragen.

»Kannst auch gleich mit der Arbeit anfangen, mein Junge. Sieht übel aus, der arme Kerl im Brunnen. Wenn ich behilflich sein kann, sag Bescheid.«

»Am besten, du fängst gleich in der Polizeiinspektion an«, sagte Schwarze und kniff ein Auge zu.

»Ach, habt ihr da neue Arbeit für mich?«, fragte Schulte gespielt überrascht. Mit Blick auf Rubins Pflaster auf der Stirn sagte er in einem warmen, freundlichen Ton: »Nix für ungut, Christoph, ich hoffe, es tut nicht allzu weh«, und weg war er.

Rubin trat näher an den Brunnen; er spürte, dass Dutzende Blicke auf ihn gerichtet waren. Er glaubte sich sogar aus den hohen Fenstern der Fachwerkhäuser ringsum beobachtet, obwohl kein einziges geöffnet war.

Rubin setzte einen Fuß auf den Brunnenrand, beugte sich vornüber.

Bei dem Toten handelte es sich um einen jungen Mann. Seine Augen waren weit aufgerissen, dunkel und starr.

Seltsam: Mit jeder neuen Leiche erinnerte sich Rubin an den ersten Toten, den er gesehen hatte. Es war sein Großvater gewesen, Rubin war elf Jahre alt. Er hatte nicht glauben können, dass der vertraute Mensch, dessen Gesicht sich über Nacht in eine Wachsmaske verwandelt hatte, nicht mehr am Leben war. Er hatte so ausgesehen, als ob er traumlos schliefe.

Rubin musste schlucken. Heftig wie Pendelschläge pochte sein Herz, und mit dem Pochen begann sein Schädelbrummen von Neuem.

Freitag lief aufgeregt hin und her, unermüdlich zwischen Rubin und Jana Cerni, zwischen Touristen mit Wasserflaschen und Einmachgläsern, die allmählich ungeduldiger wurden.

Der Tote war mit einer sportlichen Winterjacke ohne Kapuze und mit Jeans bekleidet. Sein Rücken lehnte an einem Löwenkopf am Mittelstück des Brunnens, Unterleib und Beine waren unter Wasser.

Am Brunnen befanden sich vier Löwenfiguren, eine pro Himmelsrichtung, aus deren Mäulern Wasserfontänen mit dem kostbaren Elixier sprudelten.

Überraschenderweise wurde der Tote von keiner Fontäne getroffen. Der Löwe spuckte sein Wasser über ihn hinweg in das Auffangbecken, das vom Rand bis zur Mitte eine Länge von über einem Meter hatte.

Das erleichterte den Freunden des Heilwassers das Leben nicht gerade. Man musste sich schon ordentlich recken, um sein Gefäß zu füllen. Wer ein Einmachglas hatte, war deutlich im Vorteil gegenüber dem Heilsuchenden mit handelsüblicher Wasserflasche, der sich durch die Wahl des Gefäßes als Heilwasserdilettant oder als Neuling outete. Meist gingen diese mit einem durchnässten Ärmel nach Hause.

Es hatte auch schon Fälle gegeben, da jemand beim Wasserzapfen in den Brunnen gefallen war. Jedoch hatten die Unglücksraben immer wieder heraussteigen können. Ganz im Gegensatz zu diesem jungen Mann hier.

Gerade als Rubin sich bei Schwarze erkundigen wollte, ob er den Toten identifizieren könne, hörte er jemanden hinter sich in einem seltsamen Tonfall rufen:

»Das ist Serkan! Serkan Arslan. Der Bruder von Hassan!«

Rubin drehte sich um. Der Rufer trug einen eng geschnittenen dreiteiligen Samtanzug in Bordeauxrot und darüber eine gewachste Regenjacke in dunklem British Racing Green. Ein gepunkteter Wollschal war mehrfach um seinen Hals geschlungen, in der Rechten schwenkte er einen riesigen chromgelben Schirm mit der Aufschrift *»The war is declared – London calling«*. Die ihm vorauseilende Parfumwolke trug eine herbe, rauchige Note.

Rubin brauchte eine kurze Weile, um ihn zu erkennen. Dann streckte er seinem alten Jugendfreund und Schulkameraden die Hand entgegen.

»Bernstein«, sagte er leise, aber mit Nachdruck.

Für einen kurzen Moment vergaß er, wo er war. Er vergaß den Toten, die unruhige Menschenmenge, den ganzen grauen, seltsamen Februarmorgen und fühlte sich in Jugendzeiten zurückversetzt.

»Schön, dich wiederzusehen, Rubin, alter Räuberhauptmann«, sagte Carl Bernstein. Und mit Blick auf den Brunnen fügte er hinzu: »Du hast dir den denkbar besten Zeitpunkt für deine Rückkehr ausgesucht. Allerdings auch ein bisschen schade, nicht wahr? Keine bezaubernde Penelope erwartet die Heimkehr des Helden Odysseus nach Jahren der Irrfahrt, sondern nur – eine einsame Wasserleiche.«

Rubin sagte nichts. Genau so kannte er Bernstein. So war er immer schon gewesen.

Unterdessen preschte Freitag herbei und sprang an Bernstein hoch. Rubin rief: »Aus!«, doch Bernstein johlte und kraulte ihn, und der Golden Retriever jaulte vor Vergnügen. Bernstein puffte und zwickte den Hund, sodass Rubin sich wunderte, warum dieser es einfach so geschehen ließ. Er hatte ganz offensichtlich den größten Spaß.

Äußerlich hatte sich Bernstein kaum verändert, er war noch immer groß, breitschultrig, sportlich. Wann hatten sie einander zum letzten Mal gesehen? Das musste viele Jahre zurückliegen. In der ersten Zeit nach Rubins Weggang hatten sie intensiv Kontakt gehalten, der dann mit der Zeit allerdings immer loser geworden war. Wie das eben so geht. Sie hatten einander versprochen, die Intervalle zwischen den Besuchen zu verkürzen, stattdessen waren sie, ohne dass einer der beiden den Grund gekannt hätte, länger geworden. Schließlich hatte es nicht einmal mehr Anrufe zum Geburtstag gegeben.

Doch was war das? Plötzlich ging ein Raunen durch die Menschenmenge.

Da war ein zweiter Mann im Brunnen!

3

Der Mann lag allerdings nicht wie der erste, sondern stand – aufrecht, knietief und barfuß im Wasser und war ganz offensichtlich noch quicklebendig.

Er neigte den Kopf zu dem Toten und sah ihm prüfend in die Augen. Als er dessen rechten Arm aus dem Wasser holen wollte, rief Rubin:

»Stopp! Nicht berühren!«

Der Mann ließ augenblicklich von seinem Vorhaben ab und wandte sich freundlich Rubin zu.

»Was machen Sie da?«, sagte Rubin und warf gleichzeitig Polizeiobermeister Schwarze einen fragenden Blick zu, der lediglich die Schultern hochzog.

»Ich denke, der gute Mann macht nichts anderes als seine Arbeit«, sagte Bernstein. »Gestatten, dass ich die Herren vorstelle: Das ist Peng Ching, einer unserer besten Ärzte, eine Kapazität auf seinem Gebiet. Seine Praxis befindet sich dort drüben im zweiten Stock.«

Er zeigte auf ein weißes Fachwerkhaus mit einer Apotheke im Erdgeschoss und zwei weiteren Stockwerken darüber.

»Meister Ching, das ist Christoph Rubin, der neue Leiter der Polizei und ein eingeborenes Kind unserer Stadt.«

Peng Ching stieg aus dem Brunnen und verneigte sich mit ausgesuchter Höflichkeit vor Rubin. Er war nicht größer als einen Meter siebzig und spindeldürr. In seinem Mondgesicht lächelten die Augen. Mit dem kahl geschorenen Schädel und dem Ziegenbärtchen sah er aus wie ein tibetanischer Mönch, der sein Gewand vorübergehend gegen Mantel, Pullover und Jeans eingetauscht hatte.

»Ich habe mich vergewissern wollen, dass keine Rettung mehr möglich ist«, sagte Peng Ching.

»Und?«

»Es ist keine Rettung möglich. Er ist tot.«

Peng Ching sprach ohne Akzent in einem melodischen, fast singenden Tonfall.

»Ich werde dem Notarzt Bescheid geben«, sagte Rubin.

»Wozu?«, fragte Bernstein.

»Ich brauche einen Totenschein.«

»Der Notarzt ist bei uns in Bad Löwenau in der Kurklinik. Da wird er – unter uns gesagt – auch am häufigsten benötigt. Bis die Herren von dort hier sind, kann es allerdings eine Weile dauern. Warum Zeit vergeuden? Zeit ist Heilwasser, und Heilwasser ist bare Münze für die Stadt. Allzu lange sollte die Leiche nicht im Wasser schwimmen, sonst werden die Touristen nervös. Deshalb wäre es praktischer, wenn Peng Ching hier und jetzt die Leiche untersucht.«

Rubin überlegte.

»Können Sie einen Totenschein ausstellen?«

»Selbstverständlich«, antwortete der Arzt zuvorkommend, »dazu muss ich die Leiche allerdings gründlich untersuchen – gründlich und vollständig entkleidet. Das wird hier draußen schlecht möglich sein.«

»Können wir die Leiche in Ihre Praxis bringen?«

»Gewiss.«

Rubin überlegte weiter, die Spurensicherung würde mit diesem Vorgehen sicherlich nicht einverstanden sein. Er kannte die Kollegen zwar noch nicht persönlich, aber er wusste sehr genau, sie waren überall auf der Welt gleich pingelig und mochten es nicht, wenn Leichen bewegt und erst recht nicht, wenn sie vom Fundort entfernt wurden. Andererseits hatten der Regen der letzten Nacht und das Heilwasser sowieso alle Spuren abgewaschen.

»So machen wir's«, sagte er schließlich zu Peng Ching. »Haben Sie eine Bahre, um den Toten zu transportieren?«

»Sicher. Wenn mir bitte nur jemand beim Tragen assistieren könnte.«

Rubin winkte Schwarze herbei.

»Es ist der Türke von gegenüber, oder?«

Die Stimme des kräftigen Mannes mit den blassen, schmalen Augen klang deutlich nach frühem Morgen.

Es war Bernd Schirner, der Besitzer des gleichnamigen Cafés am Marktplatz, der sich Rubin und Bernstein unbemerkt genähert hatte.

»Wundert mich nicht, das Ganze hier«, brummte Schirner übertrieben laut und verzog den Mund, »habe mich schon oft gefragt, wann es so weit kommt.«

Rubin runzelte die Stirn, Bernstein würdigte den Mann nur eines einzigen kurzen Blickes.

»Na ja, Herr Hauptkommissar, Sie sind ja neu hier, wie man hört. Sie kennen die Verhältnisse noch nicht. Und können auch die Typen nicht kennen, die da im Mini-Supermarkt ein und aus gehen! Ha, Pack, sage ich Ihnen, Pack geht dahin!«

Freitag kam herbeigelaufen, und Rubin kraulte den Kopf des Golden Retrievers, der sich in Habachtstellung vor dem Mann platzierte.

»So, Pack, meinen Sie?«, sagte Rubin.

Bernstein schaltete sich ein: »Herr Schirner, Konditor der Extraklasse und Erfinder des berühmten Bad Löwenauer Astkuchens, gestatten Sie eine bescheidene Frage: Ist Ihr Café schon für die Aufnahme von Scharen von zahlungskräftigen Kurgästen geöffnet?«

»Wie? Äh, natürlich habe ich geöffnet.«

»Wie entzückend, Meister aller Kuchenklassen, warum kümmern Sie sich dann nicht um das Wohlergehen Ihrer Gäste? Wenn es heute schon kein Heilwasser gibt, so sollte es doch zumindest an koffeinhaltigem Brackwasser nicht fehlen, oder?«

Schirner wurde rot vor Zorn. Ohne ein weiteres Wort drehte er sich zackig wie ein Soldat auf dem Absatz herum und zog beleidigt davon.

Rubin sparte sich einen Kommentar und wies stattdessen Jana Cerni an, den Löwenbrunnen weitläufig für die Öffentlichkeit abzusperren. Dann wandte er sich Bernstein zu.

»Ist das der Mini-Supermarkt dort?« Er deutete auf ein Haus gleich neben dem Café Schirner.

»Der Mini-Supermarkt, eine Oase des Allerlei«, sagte Bernstein. »Manche hier halten ihn gar für eine Fata Morgana, das Trugbild eines arglistigen Geistes aus der Flasche, nach Bad Löwenau gesandt, um das idyllische Stadtbild in Schieflage zu bringen. Doch das sind nur Gerüchte. Tatsächlich bekommst du bei Hassan und Serkan alles, was du brauchst. Und was du nicht brauchst, bekommst du auch: Computer und Fladenbrot, Handys und Kichererbsen, frisches Obst und alle Kräuter und Düfte des Orients von Kreuzkümmel bis Kardamom, von Moschus bis Nanaminze.«

»War in dem Haus nicht früher der Uhrmacher?«, fragte Rubin.

»Richtig, Uhrmacher Weis mit den Taucheruhren. In jeder Vorweihnachtszeit sind wir um den Laden herumschlawinert.«

»Ich weiß noch, wie glücklich ich war, als ich zu Weihnachten eine Taucheruhr bekam.«

»Ich habe nie eine bekommen – tragisch. Aber so ist das: Im Leben gibt es zwei wesentliche Tragödien. Die eine ist, dass man nicht bekommt, was man will. Die andere ist, dass man es bekommt.«

Rubin grinste, er fühlte sich plötzlich um viele Jahre verjüngt. Er musste sich zusammenreißen, um sich wieder in die Wirklichkeit zu versenken.

»Du hast den jungen Mann gekannt«, sagte er.

»Ja. Er hieß Serkan Arslan.«

»Wie gut kanntest du ihn?«, fragte Rubin weiter.

Bernstein überlegte einen Moment und betrachtete den Toten.

»Ich habe einmal ein Interview mit ihm geführt; es ging um junge Leute und das Nachtleben von Bad Löwenau. Ist ein sehr kurzer Artikel geworden. Serkan war keine Plaudertasche. Ich habe mich damals gefragt, ob er in seinem Leben überhaupt jemals so etwas wie Nachtleben gehabt hatte. Trotzdem war er ein aufgeweckter Bursche, wenngleich ein bisschen langweilig. Schwierig, schlau aus ihm zu werden. Jedenfalls wirkte er in der Atmosphäre des Mini-Supermarktes so deplatziert wie die eiserne

Jungfrau auf einer Dorfkirmes. Ich begegnete ihm immer, wenn ich mein geliebtes, unwiderstehliches Halva kaufte.«

Aus dem Augenwinkel bemerkte Rubin, wie sich die Tür des Mini-Supermarkts öffnete. Er sah eine schlanke, stolze Gestalt über den Marktplatz näher kommen.

»Das muss Hassan sein«, sagte Rubin.

»Das hätte ich selbst nicht besser sagen können«, antwortete Bernstein.

Nach der Art, wie Hassan voranschritt, mühevoll, langsam und in sich versunken, konnte es keinen Zweifel geben, dass er bereits wusste, wer der Tote im Brunnen war.

Hassan ging geradewegs auf den Löwenbrunnen zu. Von Rubin und Bernstein trennten ihn nur wenige Meter, als er kurz vor dessen Rand stehen blieb.

Während er auf die Leiche seines Bruders im Wasser starrte, bebten seine Lippen, seine Miene war in Stein gemeißelt. Mit unterdrückter Stimme stieß er hervor: »Ich kriege das Schwein! Ich mach ihn kalt!«

Er zitterte am ganzen Leib, Tränen füllten seine schwarzen Augen. Und Rubin wunderte sich, dass Hassan keine Anstalten machte, näher an den Brunnenrand zu rücken.

Hassan murmelte etwas auf Türkisch, das weder traurig noch verzweifelt, sondern eher wie ein Gelübde klang, dann nahm er Rubin und Bernstein ins Visier. Seine Blicke flogen vom einen zum anderen, und der Ausdruck seiner Miene wechselte von Überraschung zu Abscheu, von Trauer zu Groll. Seine gesamte Körperhaltung schien ein einziger bitterer, unversöhnlicher Vorwurf zu sein.

Schließlich wandte er sich wieder ab und ging langsam, sehr langsam und gleichmäßig, über das Kopfsteinpflaster des Marktplatzes zurück in seinen Laden, ungeachtet der vielen Pfützen, die seine Hose durchnässten.

Rubin hörte, wie die Ladentür ins Schloss schlug. Hinter den regenverschmierten Scheiben ging ein Licht an und kurz darauf wieder aus. Die Geräusche von zerspringendem Glas drangen über den Marktplatz.

Rubin konnte Hassan in diesem Moment verstehen, ja, wirklich gut verstehen – manchmal muss etwas zerstört werden, wenn eine andere Zerstörung nicht mehr zu ertragen ist.

4

Allmählich verließen die ersten Kurgäste und Touristen den Marktplatz. Missmutig, vielleicht auch enttäuscht zogen sie davon, weil sich bei Nieselregen und Februartemperaturen nichts Spektakuläres mehr ereignete. Kein Einsatzwagen schoss mit Blaulicht und lautem Martinshorn über den Marktplatz, keine Spurenexperten in weißen Schutzanzügen stellten Gewebeproben und Fingerabdrücke sicher.

Aber nicht alle zogen ab. Eine elegant gekleidete Seniorin mit lila Haaren erkundigte sich bei Jana Cerni:

»Frau Polizistin, wie lange werden Sie noch für die Spurensicherung brauchen? Mein Mann und ich, wir müssten dann nämlich jetzt weiter für die ersten Anwendungen und würden später wegen des Heilwassers wiederkommen. Ist der Brunnen dann wieder zugänglich?«

»Das kann ich Ihnen leider nicht sagen«, antwortete Jana Cerni.

Ein Mann in bunter Allwetterjacke fragte, ob er nicht auf die Schnelle, ganz unbürokratisch, ein bisschen Wasser abzapfen könnte, weil sein Kurarzt ihm wegen seiner Gicht eine regelmäßige Einnahme des Heilwassers verordnet habe.

Die Polizistin schüttelte streng den Kopf.

Rubin stand noch immer bei Bernstein, der mit Freitag Späße machte. Er warf Stöckchen um Stöckchen, die der Golden Retriever begeistert zu seinen Füßen ablegte. Er holte sie von überall her auf dem Marktplatz, kleine Ästchen oder Holzstücke von Gemüsekisten. Mit kauzigem Bellen und Fiepen forderte er Bernstein immer wieder zu einem neuen Wurf heraus.

Rubin verfolgte das muntere Treiben der beiden, gleichzeitig stieg Unruhe in ihm auf. Wo blieb Schwarze mit der Bahre?

Er legte die Hand auf Bernsteins Schulter und sagte: »Tut mir leid, wenn ich euch beide in eurem Spielvergnügen bremsen muss, aber ich möchte dich jetzt bitten, hinter die Absperrung zu treten. Ich muss mit den Ermittlungen beginnen.«

»Und ich muss eine Kolumne schreiben, bester Rubin. Ich denke, wir arbeiten an ein und derselben Sache.«

Rubin stutzte. »Ich kann dich aber nicht an der Polizeiarbeit teilhaben lassen. Die Vorschriften verlangen ...«

»... dass du den Fall aufklärst. Und von mir wird verlangt, dass ich die Stadt aufkläre. Damit wären wir schon zwei im Bunde«, sagte Bernstein und steuerte zielstrebig auf den Brunnen zu. Freitag legte wieder sein Stöckchen ab, doch diesmal ging Bernstein nicht auf das Spiel ein.

»Komm her und sieh dir Serkan mal genauer an, Rubin.«

Bernstein legte sein Kinn in die Hand, den Kopf sanft auf die Seite und spitzte den Mund.

»Wir sehen: Seine Augen sind weit aufgerissen, sein Mund ist geschlossen. Wie seltsam, eine Mischung aus jähem Entsetzen und plötzlichem Verstummen.«

»Was hat ihn so sehr entsetzt – willst du das damit sagen?«

»Ja, ganz genau: Was hat Serkan in seinen letzten Momenten erlebt, das ihn verstummen ließ? Etwas Schreckliches muss seinen Schrei unterdrückt haben!«

Rubin trat dichter an den Brunnenrand.

»Es gibt offensichtlich keine Spuren von Gewalteinwirkung«, sagte er. »Wirf mal einen Blick auf seine Jacke. Was fällt dir auf?«

»Sie ist bunt gemustert und hat den zweifelhaften Chic der Vorsaison.«

»Was noch?«

»Hm, sie ist nass.«

»Witzbold. Sie ist geöffnet!«

»Das Hemd darunter ist auch offen. Bis zum dritten Knopf. Sein Schal hängt lose um die Schultern.«

»Genau, Bernstein, bei diesen Temperaturen trägt gewöhnlich jeder seine Kleidung geschlossen, oder?«

»Ja, selbst deine Kollegin, die bezaubernde Jana Cerni, hat, wie ich zu meinem Bedauern feststellen muss, heute ihren Kragen bis zum Kinn geschlossen – ein Jammer.«

Bernstein machte ein paar Schritte um den Brunnen herum

und drehte wieder seinen gelben Schirm. Schließlich tippte er mit dem Zeigefinger gegen seine Lippen.

»Wie könnte sich das Ganze abgespielt haben? Aller Wahrscheinlichkeit nach so: Serkan wurde in einem überhitzten Hinterzimmer Opfer einer Verschwörung. Ein gewissenloser Schuft war mit den Ratenzahlungen seines Computers im Verzug und wollte den Kreditkauf auf die harte Tour stornieren. Nach der Bluttat hat er die Leiche als grausiges Mahnmal in den Brunnen gestopft.«

Genau wie früher, dachte Rubin. Bernstein hatte es schon immer geliebt, die graue Realität der Welt und des Lebens mit farbenprächtigen Geschichten auszuschmücken. Rubin schüttelte den Kopf.

»Wieso denkst du überhaupt an Mord, Bernstein?«

»Glaubst du, Serkan hat freiwillig ein nächtliches Bad genommen?«

»Man darf nicht zu schnell schlussfolgern, sonst sieht man nur noch die Ergebnisse der eigenen Logik und nicht mehr die Dinge, wie sie sind. Es könnte ein Unfall gewesen sein.«

»Das ist so wahrscheinlich wie ein päpstliches Bekenntnis zur Empfängnisverhütung während der Ostermesse.«

»Aber nicht unmöglich.«

»Glaubst du tatsächlich, der Zufall, dieser alte Schwerenöter, könnte uns den Toten in den Brunnen gelegt haben, vielleicht damit die Touristen beim Wasserzapfen eine kleine Abwechslung von ihrem Kurbetriebstrott bekommen?«

Bernstein ging weiter auf und ab, umkreiste gezielt jede Pfütze. Plötzlich ging er tief in die Hocke, so tief, dass sein Kopf sich auf Brusthöhe mit dem Toten befand.

Rubin ging gleichfalls in die Hocke, gleich neben Bernstein. Freitag gesellte sich zu ihnen. Rubin schärfte seinen Blick.

»Der rechte Arm ruht auf dem Absatz des Mittelstückes, er ist ausgestreckt wie ein Zeiger. Diese Haltung ist nicht natürlich.«

»Vielleicht will er uns etwas mitteilen, eine geheime Botschaft«, sagte Bernstein. »Stell dir vor, der Marktplatz wäre eine gigantische Uhr mit römischen Ziffern und verschnörkelten

Zeigern, dann stünde der Kopf auf zwölf Uhr, die Füße auf sechs und der Zeiger der rechten Hand auf elf. Elf Uhr, das ist es! Um diese Zeit wurde die Tat verübt!«

Rubin legte seine Stirn in Falten. »Das überzeugt mich nicht.«

»Gut, dann eben anders: Der ausgestreckte Arm gibt uns einen Hinweis auf den Mörder: Hassan aus dem Mini-Supermarkt!«

»Der eigene Bruder?«

»Ja, warum denn nicht? Ich sehe schon die Schlagzeile: ›Brudermord in Bad Löwenau! Die Brüder Kain und Abel aus dem Mini-Supermarkt‹ – das könnte eine heiße Story werden!«

Rubin beobachtete Bernstein, der begeistert und selbstzufrieden eine Siegerfaust machte. Plötzlich fragte er sich, warum sein Schulkamerad gerade jetzt, im exakt richtigen Moment, am Brunnen aufgetaucht war. War er vielleicht nur auf der Suche nach einer reißerischen Geschichte, die er in seiner nächsten Kolumne als exklusive Sensation bringen konnte?

Bernstein erhob sich wieder aus der Hocke und streckte kraftvoll seinen Rücken. Rubin musterte ihn. Der Journalist schien gut im Training zu sein.

Rubin löste sich gleichfalls aus der Hockstellung, aber weit weniger mühelos. Seine Knie machten beim Aufrichten ein Geräusch wie zerbrechendes trockenes Holz. Sie mussten beide grinsen.

Endlich überquerten Peng Ching und Polizeiobermeister Schwarze mit einer Bahre den Marktplatz.

Rubin betraute Schwarze mit der Aufgabe, die Leiche aus dem Brunnen zu bergen. Der Polizeiobermeister fragte verwirrt, ob man nicht zunächst die Spurensicherung abwarten und die Obduktion der Gerichtsmedizin überlassen sollte. Schließlich entspreche das den Vorschriften.

Doch Rubin antwortete: »Wir haben keine Zeit zu verlieren. Also bitte!«

Rubin beobachtete genüsslich, wie Schwarze Schuhe und Socken auszog, die Hosenbeine hochkrempelte und missmutig in den Brunnen stieg.

Hinter dem Absperrband hatte sich jetzt der Rest der Schaulustigen versammelt, die beim Anblick des Polizisten unruhiger und lauter wurden. Ein leichtes Entsetzen machte sich breit: Es war nach dem toten Serkan und dem gewissenhaften Peng Ching nun schon die dritte Entweihung des kostbaren Heilwassers.

Rubin konnte sich ein innerliches Grinsen nicht verkneifen. Er nahm mit diesem außergewöhnlichen Bergungsauftrag insgeheim Rache an seinem Kollegen. Ihm war sehr wohl bewusst, dass Schwarze bei dem morgendlichen Scherz, der neben einer Platzwunde auf der Stirn ein leichtes Schädelbrummen bei Rubin hinterlassen hatte, nicht nur die Rolle des unschuldigen Zuschauers innegehabt hatte.

Schwarze machte eine Miene wie jemand, der gerade in eine bittere Zitrone gebissen hat. Zunächst versuchte er, den toten Serkan von vorne unter den Armen zu fassen, ließ ihn aber erschrocken wieder ins Wasser zurückfallen.

Er war offenbar nicht darauf vorbereitet gewesen, plötzlich Auge in Auge mit einem Toten zu sein.

Die Leiche Serkans rutschte vollständig unter Wasser.

»Du solltest ihn besser von hinten packen!«, rief Jana Cerni.

Schwarze beugte sich vor, um die Leiche im Wasser zu drehen.

Nach einigen Fehlversuchen bekam er, mittlerweile völlig durchnässt, Serkan tatsächlich von hinten unter den Armen zu fassen. Mit aller Kraft hob er die Leiche zum Brunnenrand.

Dort legte er den Kopf auf den Stein, während Jana Cerni über den Rand hinweg nach einem Fuß griff. Gemeinsam hievten sie die Leiche auf den Brunnenrand, unter dem die Bahre schon bereitstand. Schwarze ergriff Serkans Schultern, Jana Cerni die Füße.

Das Heilwasser floss in grauen Bächen aus den Kleidern des Toten. Sie legten ihn auf die Bahre. Freitag schwänzelte um die Bahre herum. Neugierig und verwirrt, bis ihn Rubin schließlich zu sich rief.

Und gerade in dem Moment, als Polizeiobermeister Schwarze sich anschickte, mit seiner Kollegin die Leiche auf der Bahre in die Praxis von Peng Ching zu transportieren, tippte Bernstein der blonden Polizistin auf den Rücken.

»Lassen Sie mich das für Sie tragen, Jana. Das ist doch nun wirklich keine Aufgabe für eine Dame.«

Für einen winzigen Moment errötete Jana Cerni, beinahe gegen ihren Willen. Und der Journalist trug gemeinsam mit dem verblüfften Polizeiobermeister Schwarze die Bahre mit der Leiche.

So setzte sich der seltsame Leichenzug mit Hund in Bewegung.

5

Noch vor dem Betreten der Praxis musste sich Rubin sehr wundern. Auf einem Messingtürschild stand: »Peng Ching – Traditionelle Chinesische Medizin und Akupunktur«. Rubin begann sich zu fragen, ob er Bernstein nach einem Vierteljahrhundert noch immer vertrauen konnte.

In den niedrigen Praxisräumen mit den hellen Deckenbalken und den gesprossten Fenstern fiel Rubin dann der angenehme Geruch auf, der auf ihn beruhigend wirkte und ein wenig dazu beitrug, die Zweifel an seinem Schulkameraden zu zerstreuen. Er konnte den Duft von Lemongrass und Zedernholz wahrnehmen, dazu einen Hauch von Patschuli und als Obernote etwas Süßliches, das ihn an einen heißen Kräutertee mit viel Honig denken ließ.

Die Wände der Praxis waren mit chinesischen Malereien geschmückt. Auf einem dunkel eingefassten Schild stand in heller, großer Schrift: »Konfuzius sagt: Erkenne dich selbst.«

Nachdem Schwarze und Bernstein die Bahre mit dem Toten im Behandlungszimmer abgestellt hatten, warf der Polizist dem Journalisten einen giftigen Blick zu.

»Ich danke dem Herrn von der Zeitung für seine Hilfe!«

»Gern geschehen. Jeden Tag eine gute Tat. Ich war früher mal bei den Pfadfindern.«

Schwarze hatte den ganzen Weg barfuß zurückgelegt und musterte nun seine blanken Füße, die dunkelrot angelaufen waren. Er rieb sich den Nacken, drehte mit einem gequälten Gesichtsausdruck den Kopf und verzog den Mund.

»Verdammt, ich glaube, ich habe mir den Rücken verhoben.«

»Nehmen Sie einen Moment im Wartezimmer Platz«, sagte Peng Ching lächelnd, »ich werde mich zuerst um den Toten kümmern, dann sehe ich mir Ihren Rücken an. Eine kleine Akupunktur kann wahre Wunder bewirken.«

Polizeiobermeister Schwarze riss entsetzt die Augen auf und

flüchtete nach draußen, schließlich standen seine Schuhe noch immer auf dem Marktplatz. Jana Cerni folgte ihm.

Peng Ching lächelte und schloss die Tür des Behandlungszimmers. Nun waren nur noch er selbst, Rubin und Bernstein im Raum. Freitag hatte es sich im Wartezimmer bequem gemacht.

»Wie lange werden Sie für die Untersuchung brauchen, Herr Ching?«, fragte Rubin nach einem Blick auf seine Uhr. Es war schon nach zehn.

»Die Zeit hilft dem, der sie zu nutzen weiß. Wenn Sie beide mir helfen, wird es schneller gehen.«

»Sagen Sie, was wir machen sollen.«

Und Bernstein fügte hinzu: »Wie wir leibhaftig mit eigenen Augen erkennen können, kann das Leben ein kurzes Vergnügen sein. Also ist es die größte aller Sünden, Zeit zu vergeuden. Fangen wir an.«

Im Behandlungszimmer fehlten fast vollständig die üblichen ärztlichen Utensilien – mit Ausnahme eines Computers, der jedoch nicht eingeschaltet war.

Sie entkleideten den Toten gemeinsam und wälzten ihn dafür von einer Seite auf die andere. Alle gingen sehr behutsam und sehr gewissenhaft vor. Peng Ching untersuchte die Haut am ganzen Körper, er kniff hinein, rieb mit dem Daumen darüber, raffte einen Hautlappen am Bauch und zog daran. Dann wartete er einen Moment und notierte etwas auf einen Zettel. Er leuchtete mit einer Lampe in Mund, Nase und Ohren des Toten, drückte die Brust, stemmte sich mit seinem gesamten Gewicht auf den Brustkorb und notierte wieder etwas auf einen Block. Während der ganzen Zeit arbeitete er hoch konzentriert, sprach kein einziges Wort und lächelte sanft in einem fort.

Rubin wunderte sich immer mehr. Nicht allein über die seltsame Arbeitsweise des chinesischen Arztes, sondern auch über den Toten. Warum zeigte der Körper keine einzige Schramme? Gerade so, als ob gar nichts geschehen wäre.

Er ließ seinen Blick langsam über die Haut des Toten wandern, die bleich und feinporig war, an manchen Stellen nahezu durchsichtig. Sie erinnerte ihn an altes Pergament.

Serkans Beine waren dünn wie Zahnstocher, die Muskeln kaum ausgebildet. Dasselbe galt für seine Arme.

Der junge Mann hatte an den Fußsohlen fast keine Hornhaut, was darauf hindeutete, dass er nur die nötigsten Wege zu Fuß zurückgelegt hatte.

Es fiel Rubin nicht leicht, die Leiche Serkans zu berühren.

»Ich frage mich, warum die Fingernägel so lang sind.«

Bernstein lachte amüsiert auf. »Gute Güte, Rubin, jetzt rächt es sich, dass du alter Banause damals unseren Gitarrenunterricht aufgegeben hast. Sieh dir mal seine Linke an.«

Die linke Hand war ebenso gepflegt und feingliedrig wie die Rechte, nur die Fingernägel waren deutlich kürzer.

»Ah, natürlich! An der rechten Hand müssen die Nägel lang sein, um die Gitarrensaiten zu zupfen. An der linken Greifhand kurz, damit die Akkorde nicht scheppern«, sagte Rubin.

»So wie bei deiner Katzenmusik damals!«, rief Bernstein.

Rubin erinnerte sich sehr gut an die Zeit vor dreißig Jahren, als er Gitarrenunterricht genommen hatte. Er hatte damals in einer Band spielen wollen, aber es war nie dazu gekommen. Schließlich hatte er schweren Herzens einsehen müssen, dass sein Wunsch größer als sein Talent gewesen war. Bernstein hingegen hatte eine eigene Band gegründet. Nicht dass er mehr Talent gehabt hätte als Rubin. Er war einfach kompromissloser gewesen und hatte eine Musikrichtung entdeckt, für die keine außergewöhnliche Begabung, sondern nur Leidenschaft und Hingabe erforderlich waren: Punk. Rau und ungezügelt, in einer ohrenbetäubenden Lautstärke gespielt, so wild und hart, als gäbe es kein Morgen.

»Sind Sie fertig?«, fragte Rubin nach einer Weile.

»Gewiss, das bin ich, und ich fasse zusammen: Ich habe keine Brüche und keine Prellungen entdeckt. Es befindet sich kein Wasser in den Lungen.«

»Das bedeutet: Er ist nicht ertrunken. Was ist die genaue Todesursache?«, fragte Rubin.

»Plötzlicher Herztod«, sagte Peng Ching lächelnd.

Rubin dachte: Das bringt uns kein bisschen weiter, das kann

alles oder nichts heißen. Ihm war noch nicht klar, was er mit dieser Information anfangen sollte. Gleichzeitig fiel ihm ein, dass er jetzt unbedingt die Spurensicherung informieren musste.

»Entschuldigen Sie mich bitte.«

Rubin trat zur Seite und griff zum Handy, wählte die Nummer der Staatsanwaltschaft, die sich in der Stadt, über dreißig Kilometer entfernt, befand. Bad Löwenau selbst verfügte nämlich über keine Staatsanwaltschaft, über kein Gericht und keine Gerichtsmedizin.

»Hauptkommissar Christoph Rubin, Polizeiinspektion Bad Löwenau. Wir haben einen Toten. Die Leiche müsste abgeholt werden. Ich gebe Ihnen gleich die Adresse durch. – Wie bitte? Dazu kann ich noch nicht viel sagen. In Kürze mehr. Auf Wiederhören.«

Wieder zu Peng Ching gewandt, fragte Rubin: »Können Sie den ungefähren Todeszeitpunkt eingrenzen?«

»Ja, das ist möglich. Nach meiner Hautanalyse muss der Herzstillstand gestern Abend gegen dreiundzwanzig Uhr eingetreten sein.«

»Genau wie ich am Brunnen gesagt habe!«, warf Bernstein triumphierend ein. »Elf Uhr! Du wolltest mir ja nicht glauben, Rubin!«

Rubin wusste nicht, was er sagen sollte. Diese Runde ging eindeutig an Bernstein.

Auf dem Boden lagen die Kleider Serkans. Rubin nahm sie näher in Augenschein, besonders die Hose, eine Jeans mit phantasievoll gestalteten Hintertaschen. Er griff in die Taschen und wunderte sich: Sie waren allesamt leer, wie ausgeräumt. Keine Geldbörse, kein Schlüssel, kein Handy, nichts.

In den Jackentaschen war außer benutzten Papiertaschentüchern und einem Streifen Kaugummi ebenfalls nichts zu finden.

Rubin machte sich an die Schuhe. Er betrachtete sie lange, von oben, von unten und von der Seite. Es waren moderne Turnschuhe eines großen amerikanischen Herstellers, bunt gemustert und relativ neu.

»Keine Spur«, sagte er.

»Keine Spur wovon?«

»Keine Schleifspuren«, sagte Rubin.

»Also ist die Sache klar: Serkan ist am Brunnen ermordet worden«, sagte Bernstein.

Rubin strich mit dem rechten Handrücken über die Bartstoppeln an seinem Kinn.

»Herr Ching, wodurch könnte so ein plötzlicher Tod ausgelöst werden?«

»Die natürlichen Ursachen sind meist ein Herzinfarkt oder ein Schlaganfall.«

»Wie sieht es mit Gift aus?«

»Gift ist immer möglich. Zum Beweis müsste ich eine Blutuntersuchung vornehmen. Das wird aber dauern.«

»Die Gerichtsmedizin wird das übernehmen. Die Kollegen werden in Kürze hier sein, um die Leiche abzuholen. Vielen Dank, Herr Ching.«

Rubin ließ ein letztes Mal seinen Blick über die Leiche Serkans gleiten.

»Kann ich jetzt schon den Totenschein haben?«

Peng Ching nickte und lächelte sanft.

6

Freitag tappte vorneweg, schnüffelte hie und da, wartete gespannt, nahm erneut Witterung auf und tapste weiter. Rubin und Bernstein überquerten langsam den Marktplatz.

Sie rieben kräftig ihre Hände und verteilten das Desinfektionsmittel, das ihnen Peng Ching gegeben hatte, so gründlich wie möglich.

Es ging bereits auf zwölf Uhr, der Regen war jetzt vorüber, und der Himmel zeigte ein eintöniges Grau.

Bernstein lenkte seine Schritte zielstrebig in Richtung des Restaurants »Da Ricardo«.

»Sag nur, du hast Hunger nach dieser Untersuchung?«, sagte Rubin.

»Meiner Treu, ich kann nichts dafür, ich habe Hunger wie ein Berserker und überdies das dringende Bedürfnis, wieder frisches Leben in Form eines vollmundigen Bardolino in meinen Leib hineinzugießen. Wie sieht's aus, kommst du mit?«

Rubin sah auf die Uhr. »Also gut, Bernstein, essen muss ich sowieso irgendwann einmal. Mal sehen, ob ich was herunterkriege.«

»Auf zu Ricardo!«, rief Bernstein. »Übrigens, was ich die ganze Zeit schon sagen wollte: Wo hast du dir eigentlich das kleine Dienstabzeichen auf der Stirn geholt?«

»Ein Willkommensgruß eines urkomischen Hausmeisters.«

Bernstein lachte trocken. »Schulte! Was wäre Bad Löwenau ohne den Dampfhammer seines Humors!«

Rubin grinste und zupfte das Pflaster von seiner Stirn.

Zwischen der Touristikinformation und dem Hotel am Marktplatz lag das Restaurant »Da Ricardo«. Es war kein Fachwerkhaus, sondern ein verputzter Bau aus der Gründerzeit mit geklinkertem Sockel und hohen weiß gerahmten Fenstern mit Oberlicht.

Als die beiden das Lokal betraten, lag der einladende Duft

nach herzhaftem Knoblauch, frischen Meeresfrüchten und überbackenem Käse in der Luft.

An diesem Mittag herrschte im Gastraum mehr Trubel als sonst um diese Zeit, und es schien, als hätten sich die Schaulustigen, nachdem am Brunnen nichts mehr zu sehen gewesen war, unmittelbar der nächsten Attraktion zugewandt: der köstlichen Küche Ricardos.

»O Mamma mia, der arme Serkan!«, rief Ricardo. »Isse schlimme Sache. Ganze Stadt stehe Kopfe!«

»Darf ich die beiden Herren einander vorstellen?«, sagte Bernstein. »Ricardo, unser Meisterkoch, der größte Küchenzauberer zwischen Bad Löwenau und Mailand. Und mein ältester Freund aus Jugendtagen, Christoph Rubin, der neue Leiter der Polizei.«

Ricardo verneigte sich und streckte Rubin die Hand entgegen. »Sage ich herzlich willkomme, Christophe. Freunde von Carlo isse auch meine Freunde. Und wer isse das?«, fragte er mit Blick auf den Golden Retriever.

»Das ist Freitag. Eine treue Seele«, sagte Rubin.

»Iche habe Tische für euch am Fenster. Nehmt Platze, bin ich gleich bei euche. Habe ich heute wunderbare Seeteufel. Christophe, was wolle trinke, Bier oder Bardolino?«

Rubin zögerte, war es nicht noch zu früh für Alkohol? Andererseits konnte er nach der Obduktion durchaus ein kleines erhellendes Schlückchen gebrauchen.

»Ein Bier bitte«, sagte er.

»Ah«, rief Ricardo, und ein Strahlen huschte über sein Gesicht, »schöne Bad Löwenauer Pils, aus Heilwasser gebraut, hundert Prozent gesunde! Und du, Carlo, trinke wie immer?«

Bernstein nickte.

»Und für Freitag schöne Schälche Aqua. Subito.«

Ricardo sprach rasend schnell und mit starkem, lebhaftem italienischem Akzent. Er sprach niemals korrektes Deutsch, und niemand wusste, ob er es tatsächlich nicht besser konnte oder ob er es des »italienischen Flairs« wegen einfach nicht wollte.

Er rief schallend in den Raum: »Caterina, meine Schatze, bring hier schöne Bier und Bardolino!«

Und damit war Ricardo schon wieder verschwunden. Rubin und Bernstein nahmen am Fenster Platz, Freitag rollte sich zu ihren Füßen zusammen.

Sie sprachen eine Zeit lang kein Wort, ein wenig befangen, ein wenig unschlüssig, was sie jetzt, nach dem unerwarteten und turbulenten Wiedersehen nach vielen Jahren, sagen sollten. Bernstein klopfte mit den Fingern seiner rechten Hand einen Rhythmus auf die Tischplatte und ergriff als Erster das Wort.

»Ich bin, wie du weißt, ein Freak der Neugierde, von Natur aus und von Berufs wegen erst recht, ich muss einfach alles wissen. Deshalb, freiheraus gefragt, mein Bester: Warum bist du zurückgekehrt nach Bad Löwenau, in die Idylle deiner Jugend? War es dein eigener Wunsch, oder hat man dich strafversetzt, weil du die falschen Leute ins Kittchen gebracht hast?«

Rubin schmunzelte.

»Man hat mir die Stelle angeboten, weil man mich für qualifiziert gehalten hat.«

»Als Einheimischer?«

»Als jemand, der die hiesigen Verhältnisse kennt, und als Beförderung für besondere Leistungen.«

»Bei allen Spionen und Detektiven! Hast du einen Heroinhändlerring zerschlagen?«

»Ich war nicht bei der Drogenfahndung.«

»Hast du einen Serienkiller kaltgemacht?«

»Nicht ganz«, sagte Rubin und senkte den Blick. Er streichelte Freitag den Kopf.

Bernstein betrachtete eingehend Rubins Miene, auf der sich eine Vielzahl von Erinnerungen abzeichnete, und fragte in nun deutlich ernsterem Ton:

»Hast du lange überlegen müssen, ob du annimmst?«

Rubin antwortete nicht gleich, er schien seine Worte mit größtem Bedacht zu wählen.

»Ich habe wohl eine Weile nachdenken müssen, denn …«

Er konnte seinen Satz nicht zu Ende bringen, weil in diesem

Moment Caterina, die Frau Ricardos, mit den Getränken an ihren Tisch trat.

»Bardolino für dich, Carlo, und für den Herren ein Bad Löwenauer Pils. Wohl bekomm's«, sagte sie.

Caterina sprach besser Deutsch als Ricardo, vor allem bedeutend langsamer. Sie ließ sich neben Bernstein nieder und fuhr sich durch ihr schwarzes glattes Haar. Sie hatte ein fein geschnittenes Gesicht mit dunklen, wachen Augen, die an den Rändern rötlich entzündet waren. Nach der Begrüßung sprach Bernstein sie auf Serkan an.

»Schrecklich, ich habe geweint, als ich von Serkans Tod erfahren habe.«

»War Serkan oft bei euch? Ich habe ihn hier noch nie gesehen«, sagte Bernstein.

»Nein, er war nicht oft hier, aber ich war oft im Mini-Supermarkt. Und ich war immer froh, wenn Serkan da war und nicht Hassan. Kaum zu glauben, dass die beiden Brüder sind … waren.«

Ricardo eilte mit einem Schälchen Wasser für Freitag heran. Er streichelte den Hund, und Freitag schlürfte zufrieden. Caterina machte ihrem Mann neben Bernstein Platz.

Bernstein war Stammgast der ersten Stunde und hatte Ricardo in der schwierigen Anfangsphase unter die Arme gegriffen, auch finanziell.

Es war kein Kinderspiel gewesen, den Geschmack der Bad Löwenauer zu treffen und die über Jahre hinweg gepflegten Vorurteile zu zerstreuen.

Der Journalist hatte das Restaurant mehr als einmal lobend in seiner Kolumne erwähnt und Ricardo den Titel »Mailänder Zauberer am Löwenbrunnen« verliehen. Mit der Zeit war das Restaurant zu einem gefragten gesellschaftlichen Treffpunkt in Bad Löwenau geworden.

Ricardo prostete den beiden mit einem Glas Weißwein zu. Er trug eine schwarze Hose und ein dunkelblaues Hemd, das seine bis auf einen deutlichen Bauchansatz schlanke Figur betonte.

Blau und Schwarz, das waren überhaupt die Farben des Restaurants. Der Teppichboden blau-schwarz gestreift und die Vorhänge in Blau mit schwarzen Mustern. Blau waren die Servietten und schwarz die Sitzkissen auf den Stühlen. Die Speisekarten waren schwarz eingeschlagen, die Schürzen der Bedienungen waren schwarz mit blauem Saum. Blau waren sogar die Wasserflaschen.

Ricardo war ein glühender Fußballfan und leidenschaftlicher Anhänger von Inter Mailand. Bilder von Spielern und Spielszenen zierten die Wände. Alles im Restaurant musste in den Vereinsfarben Blau-Schwarz gehalten sein.

Das hatte Caterina oft zur Weißglut gebracht. Einmal war es ihr nur unter Androhung sofortiger Scheidung gelungen, Ricardo davon abzuhalten, seine Gäste im blau-schwarz gestreiften Inter-Mailand-Trikot mit Rückennummer 10 zu bedienen.

»Habt ihr schon Spure?«, fragte Ricardo.

»Die Sache ist sehr seltsam«, antwortete Rubin, »es scheint, als gäbe es keine Einwirkung von Gewalt –«

Rubins Handy unterbrach ihn mit einem lauten Klingeln.

»Mein Name ist Franziska von Roth«, sagte die Stimme am anderen Ende, »ich bin die Bürgermeisterin von Bad Löwenau, wir sind uns persönlich noch nicht begegnet.«

»Ich freue mich, Ihre Bekanntschaft zu machen, Frau von Roth«, sagte Rubin.

Bernstein, der bei dem Namen der Anruferin hellhörig geworden war, machte Rubin mit der rechten Hand das Zeichen einer schnatternden Gans.

»Ich weiß, dass es nicht ganz den üblichen Gepflogenheiten entspricht«, fuhr sie in ernstem, sehr gefasstem, zugleich aber höchst bestimmtem Ton fort, »und ich bitte Sie, mich nicht misszuverstehen. Ich habe selbstverständlich nicht die Absicht, mich in Ihre Arbeit einzumischen. Doch ich möchte Sie darauf hinweisen, dass dieser Vorfall am Brunnen für unsere Stadt unter keinen Umständen zu einem Skandal eskalieren darf. Wir sind, was Ihnen vielleicht nicht in allen Dimensionen bewusst ist, in höchstem Maße von unserem Heilwasser abhängig. Und ein freier Zugang zum Brunnen ist unerlässlich für einen reibungslosen Ablauf des Kurbetriebs. Sie verstehen, Herr Rubin.«

»Ich habe verstanden, und was kann ich für Sie tun?«

»Ich nehme mit Freude zur Kenntnis, dass Sie die Lage genauso einschätzen wie ich. Deshalb ganz gezielt meine Frage: Wann geben Sie den Brunnen wieder für die Öffentlichkeit frei?«

Rubin hatte über diesen Aspekt noch nicht nachgedacht und hatte erst recht keine Antwort. Er gönnte sich einen Moment der Stille und sagte dann:

»Ich informiere Sie, sobald ich Näheres weiß. Und jetzt entschuldigen Sie mich bitte. Ich bin im Gespräch.«

Bürgermeisterin von Roth murmelte ein knappes »Danke«, dann legte sie auf.

»Lass mich raten«, sagte Bernstein, »die Bürgermeisterin sorgt sich um den guten Ruf der Stadt und sieht eine Katastrophe von apokalyptischen Ausmaßen auf Bad Löwenau zurollen.«

»So ähnlich«, sagte Rubin.

Er blickte kurz zum Fenster hinaus und nippte an seinem Bier, das frisch und herb und fast ein bisschen metallisch schmeckte. Auf dem Marktplatz waren noch immer Menschen versammelt, die sich dicht hinter dem Absperrband drängten. Nahezu alle hatten ein Gefäß dabei. Sie diskutierten lebhaft und voller Entrüstung. Rubin begann zu begreifen, wie wichtig das Heilwasser für Bad Löwenau war.

Freitag schlürfte lautstark aus seinem Schälchen Wasser. Es roch mittlerweile sehr deutlich nach nassem Hund.

»Wisst ihr, was isse überhaupt passiert mit arme Serkan? War Mord oder war Unfall?«, nahm Ricardo das unterbrochene Gespräch von eben wieder auf.

»Ich habe keine Vorstellung, was genau passiert ist, geschweige denn, warum. Außerdem weiß ich über Serkan noch zu wenig, um ein mögliches Motiv erahnen zu können. Mir gehen allerdings die Worte seines Bruders nicht aus dem Kopf.«

»Hassan? Was hatte gesagt?«

»Als er die Leiche seines Bruders sah, sagte er: ›Ich mache ihn kalt. Ich kriege das Schwein.‹«

»Meinte er damit wirklich jemand Bestimmtes?«, fragte Bernstein. »Hassan ist als Heißsporn und Wichtigtuer bekannt.«

»Ach, ihr Deutsche nix verstehe«, rief Ricardo. »Hassan isse stolze Manne. Wenn Bruder tot, in Hassan tun koche starke Emotione, klare! Und dann er sage Dinge, die nicht so meine und später bereue. Isse so wie bei Fußball: Wenn Spieler gibt Interview direkt nach verlore Spiele, nix müsse glaube.«

»Ich werde ihm jedenfalls nach dem Essen einen Besuch abstatten«, sagte Rubin.

»Ich habe auch eine Idee«, sagte Bernstein. »Über Hassans Laden hat Sybille Müller, die Psychologin, ihre Praxis.«

»Meyer«, korrigierte Ricardo.

»Also gut, Meyer. Ich erinnere mich, dass sie sich in der Vergangenheit häufiger in der Redaktion über Lärmbelästigung von unten beklagt hat. Ich denke, dass sie diesen misslichen Zustand gerne ans Licht der Öffentlichkeit bringen möchte. Dabei kann ich behilflich sein. Vielleicht hat die hellhörige Dame ja etwas Außergewöhnliches vernommen, von dem die Welt augenblicklich in Kenntnis gesetzt werden muss.«

Rubin sah Bernstein fragend an.

»Keine Sorge, mein Bester, ich will dir nicht deine Arbeit wegnehmen. Ich führe lediglich ein Interview. Ich stelle Fragen. Genau wie du.«

»Also gut, Bernstein«, sagte Rubin.

In diesem Moment erschien Caterina mit drei übergroßen dampfenden, duftenden Portionen Seeteufel mit Brokkoli und in Butter geschwenkten hausgemachten Spirelli.

Ricardo rief voller Stolz: »Bitte schon, amici! Buon appetito, lasse schmecke! Isse alles gute, wenn Esse gute!«

7

Rubin, Bernstein und Freitag verließen »Da Ricardo« und überquerten den Marktplatz.

Der Löwenbrunnen stand jetzt einsam und verwaist hinter der rot-weißen Polizeiabsperrung. Es gab ja auch nichts mehr zu sehen, was es nicht auch an anderen Tagen zu sehen gäbe. Trotzdem hielt Jana Cerni eisern Wache an der Absperrung, und das, obwohl Rubin sie damit nicht beauftragt hatte. Sie hatte ein blassweißes Gesicht, eine rote Nase und zitterte. Warum hatte sie keine Mittagspause gemacht?

»Sie können die Absperrung jetzt entfernen«, sagte Rubin zu ihr, »ich gebe den Brunnen wieder frei. Bitte teilen Sie das auch dem Büro der Bürgermeisterin mit und – bitte, machen Sie danach eine kleine Pause und wärmen sich auf.«

»Danke, Chef«, sagte die blonde Polizistin und machte sich an die Arbeit, nicht ohne zuvor Bernstein die zarte Andeutung eines Lächelns zukommen zu lassen.

»Was macht dieses Brunnenwasser eigentlich so besonders?«, wollte Rubin wissen. »In unserer Schulzeit hatte es doch noch nicht einmal Trinkwasserqualität.«

»Koste selbst«, sagte Bernstein.

»Ich habe kein Gefäß.«

»Nimm deine Hand, mach es so.«

Bernstein lehnte sich über den Brunnenrand und streckte seine Hand, die Innenfläche leicht gewölbt, unter eine der vier Fontänen. Das Wasser lief sprudelnd darüber, nur einige wenige Tropfen konnte er zum Mund führen. Er verzog genüsslich das Gesicht.

»Ein guter Jahrgang, alle Achtung.«

Rubin folgte seinem Beispiel und streckte gleichfalls die Hand einem wasserspeienden Löwenkopf entgegen. Er schlürfte einen großen Schluck des kalten Wassers, das schal und metallisch schmeckte, ein wenig wie das Bier vorhin bei Ricardo.

Als er sah, dass die beiden etwas zu sich nahmen, bellte Freitag um seinen Schluck Heilwasser. Rubin ließ ihn kosten, der Golden Retriever nieste und schüttelte sich.

»Das nenne ich Heilungserfolg auf ganzer Linie«, sagte Bernstein.

»Wozu ist das Heilwasser gut?«, fragte Rubin.

»Pst, mein Lieber, nicht so laut!«, flüsterte Bernstein und rückte mit einem ironischen Gesichtsausdruck näher an Rubin heran. »Es gibt Fragen, die man heutzutage in Bad Löwenau besser nicht stellt. Die Frage nach dem Geheimnis des Heilwassers ist tabu. Frage ruhig, wer mit wem und warum auch nicht, kein Problem. Doch frage niemals nach dem Geheimnis des Brunnenwassers!«

»Gibt es denn keine Expertisen, unabhängige Untersuchungen?«

»Sicher gibt es die, zuhauf sogar. Je nach Experten und je nach Kurarzt und je nachdem, wer welche Studie in Auftrag gegeben und finanziert hat, erhältst du ein anderes Ergebnis.«

»Ich verstehe.«

»Die einen behaupten, das Heilwasser hilft bei Gicht, Rheuma, Nesselfieber und Parodontose. Andere schwören auf seine Heilwirkung bei Blähungen, Harndrang und Gastritis. Auch bei Schnupfen, Migräne, Raucherkatarrh und Fußpilz soll es wahre Wunder wirken. Doch nichts davon ist stichhaltig bewiesen, mit Ausnahme einer Sache.«

»Und die wäre?«

»Das Wasser ist unschlagbar bei akuten Fällen von – Durst.«

Rubin rief Freitag herbei, der im Begriff war, mit einem Schäferhund Bekanntschaft zu schließen. Der Schäferhund schien von der Idee allerdings nicht sonderlich begeistert.

»Ich stelle mir vor, dass Serkan gestern Nacht hier war, um Wasser zu zapfen«, sagte Rubin.

»Was meinst du, hatte er ein Leiden oder hatte er nur Durst?«

Rubin zuckte die Schultern und runzelte die Stirn. »Das wissen wir nicht«, sagte er, »obwohl es schon rätselhaft ist, dass ein junger Mensch an Herzstillstand stirbt. Was wir aber mit

Sicherheit wissen, ist: Jemand hat Serkan in den Brunnen gelegt. Die Frage ist, ob er da schon tot war.«

»Zumindest konnte er sich nicht mehr durch einen umgekehrten Hechtsprung aus dem Wasser herausretten.«

»Derjenige, der ihn ins Wasser gelegt hat, muss danach pitschnass gewesen sein.«

»Ähnlich wie dein Kollege heute Vormittag.«

Rubin ließ einen langen, nachdenklichen Blick über den Marktplatz gleiten. Allüberall Häuser mit hohen Fenstern. Einige waren sogar geöffnet, und er konnte die Schatten der Bewohner in ihren Wohungen sehen.

»Ich kann mir einfach nicht vorstellen, dass der Täter unbehelligt vorgehen konnte, ohne dass ihn jemand dabei beobachtet hat!«

»Tja, mein Lieber«, sagte Bernstein, »in dieser Hinsicht hat sich in Bad Löwenau seit unserer Jugend nicht viel getan. Ab zweiundzwanzig Uhr ist in der Wüste Gobi mehr los als bei uns. Und wer zu Hause ist, der bleibt zu Hause, die Tür wird für die Nacht verrammelt und erst am Morgen wieder aufgesperrt.«

»Unsinn, irgendjemand muss etwas Verdächtiges gesehen haben.«

Bernstein hatte eine Idee.

»Eine Person könnten wir befragen, deren Habichtaugen für gewöhnlich nichts entgeht. Du kennst sie übrigens auch sehr gut.«

Rubin stutzte.

»Unsere ehemalige Lehrerin Irmgard Rathenow.«

»Die alte Rathenow, die lebt noch? Sie muss doch mindestens achtzig sein.«

»Einundachtzig, um genau zu sein. Sie wohnt übrigens mittlerweile dort drüben.«

Bernstein wies auf das Dachgeschoss eines Fachwerkhauses gleich neben dem Hotel am Marktplatz.

Rubin sah, dass sich die Tür zur Praxis von Peng Ching öffnete und zwei Männer den Toten abtransportierten. Erst jetzt entdeckte er die Kühlerhaube eines Polizeitransporters, der hinter der Häuserecke geparkt war.

»Wir könnten unserer Lehrerin einen Besuch abstatten, Rubin. Ich plaudere gerne von Zeit zu Zeit mit ihr«, sagte Bernstein.

»Später. Jetzt muss ich zuerst zu den Kollegen.«

»Melde dich bei mir. Meine Nummer ist übrigens auch in deinem Diensthandy abgespeichert, Kurzwahl 13.«

Die zwei Männer in weißen Schutzanzügen hoben Serkans Leiche in den Transporter, der wie ein Krankenwagen für Tote aussah. Das Blaulicht warf blasse Schlaglichter über den Marktplatz.

Rubin ging zielstrebig auf sie zu und stellte sich freundlich vor. Einer der beiden, der Kaugummi kaute und unrasiert war, musterte den Hauptkommissar herausfordernd.

»Ach, sind Sie auch schon da?«

»Haben Sie mich gesucht?«

»Na ja, wir haben nicht gerade damit gerechnet, die Leiche von einem chinesischen Wunderheiler abholen zu müssen. Komische Methoden haben Sie.«

»Dazu wurde die Leiche unzulässigerweise vom Fundort entfernt«, warf der andere ein, der etwas älter und ganz offensichtlich der Vorgesetzte war. Er hatte winzige, tief liegende Augen und sprach in einem Tonfall, als gebe er seine Worte zu Protokoll. »Was haben Sie sich dabei gedacht? Jeder Azubi ist darüber unterrichtet, dass eine Leiche am Fundort unbewegt und unberührt zu verbleiben hat, bis die Spurensicherung vor Ort ist. So etwas wie hier ist mir noch nie untergekommen.«

Rubin kannte das alte Spiel zwischen Spurensicherung und Ermittler zu gut. Das Spiel lautete: Wer ist hier der Chef im Ring – wer weiß mehr – wer ist der Wichtigste im ganzen Land?

Er hatte das Spiel nie gemocht und es immer vermieden, mitzuspielen. Er nahm nicht ohne Amüsement zur Kenntnis, dass es in Bad Löwenau in dieser Hinsicht nicht anders zuging als in der Großen Stadt. Rubin konnte den Kollegen sogar verstehen, er wollte keinen Fehler machen.

Anderseits war Rubin froh, dass er den regulären Ablauf nicht eingehalten hatte, denn so wusste er jetzt schon Dinge, die er ansonsten erst später aus zweiter Hand erfahren hätte. Ohne seine Eigenmächtigkeit hätte er sich niemals ein persönliches Bild des toten Serkan machen können. Und das, so wusste er, war durch keine Expertenuntersuchung zu ersetzen.

»Ich brauche eine Blutuntersuchung auf ein mögliches Gift«, sagte Rubin. »Wie lange wird das dauern?«

Der ältere Mann warf sich in die Brust. »Das wird schneller gehen, als Sie gebraucht haben, um uns zu benachrichtigen. Wir verfügen in der Stadt über die modernsten technischen Mittel und die besten Pathologen. Die Untersuchungen leitet unser Professor Dr. Schmittbauer. Wir schneiden bei Bewertungen in Fachmagazinen immer überdurchschnittlich ab.«

»Das ist sehr beruhigend«, sagte Rubin.

Der Mann verzog sein Gesicht. »Sie brauchen uns nicht an unsere Sorgfaltspflicht zu erinnern. Wir kennen unsere Aufgaben sehr genau und arbeiten schnell und präzise.«

»Kann ich Sie anrufen?«

»Nein, wir rufen Sie an«, sagte der Mann streng, gab seinem Kollegen das Zeichen zur Abfahrt und brachte in letzter Sekunde noch ein dünnes »Auf Wiedersehen« hervor.

Das Betreten des Mini-Supermarkts war wie der Eintritt in eine fremde Welt: halb Bazar, halb Lagerhalle. Alles, was zum Verkauf angeboten wurde, befand sich auf schmucklosen Blechregalböden. Es standen Computer neben Nudeln und Dosensuppen, daneben stapelten sich Plastiktüten mit Erbsen, weißen Bohnen, Linsen und anderen Hülsenfrüchten. Es gab Handys in allen Größen und Farben und DVDs in ehemals schillernder Aufmachung, die die Zeit mittlerweile verblichen hatte. Nirgends sah Rubin eine dekorative Verzierung, jene kleinen, reizenden Dinge, die einen Raum schöner machten, ohne selbst etwas zu bedeuten. Rubin ließ den Blick schweifen. Im Verkaufsraum war niemand zu sehen. Nur zwei Fernseher dröhnten einsam vor sich hin. In einem lief ein Fußballspiel. Die Stimme des türkischen Reporters überschlug sich und klang heiser. Im anderen Fernseher tanzte eine blonde Frau zu orientalischer Popmusik, am unteren Bildrand lief ein Infoband mit Zahlen.

Die beiden laufenden Fernseher machten die Leere in dem Raum für Rubin bedrückend greifbar. Ihm drängte sich der Eindruck auf, dass er hier nicht willkommen war. Selbst Freitag hatte keine Lust, Witterung aufzunehmen, obwohl die Luft intensiv von Kreuzkümmel, Kardamom und Nelken gewürzt war. Er blieb nah an Rubins Seite.

Rubins Blick fiel auf eine Sitzecke mit vier Korbsesseln um einen niedrigen Tisch, auf dem sich ein Samowar und Teeschalen befanden.

Erst jetzt erschien Hassan wie zufällig aus einem Nebenraum und trat hinter die Theke – die Miene düster.

Rubin sagte freundlich: »Ich habe ein paar Fragen an Sie.«

Hassan legte seine Hände flach auf die Verkaufstheke. Genau wie am Morgen ließ er den Hauptkommissar nicht aus den Augen, alles an ihm drückte Ablehnung, wenn nicht Feindseligkeit aus.

War diese Härte, dieser kalte Stolz, diese undurchdringliche Wand seine Form von Trauer?

Rubin spürte: In dieser Atmosphäre würde er nichts erfahren, das für ihn von Nutzen sein könnte.

»Haben Sie in Ihrer Heimat nicht eine schöne Tradition?«

»Wir haben viele Traditionen. Welche meinen Sie?«

»Die Tradition, einen Besucher mit einer Tasse Tee zu empfangen«, sagte Rubin und deutete in die Richtung der Sesselrunde.

Hassan runzelte die Stirn, noch immer mürrisch, aber er verstand die Anspielung und fügte sich. Mit der Tradition konnte und wollte er nicht brechen.

Er wies Rubin einen Platz zu, von dem aus er den gesamten Laden und die Tür im Blick hatte.

»Wie trinken Sie Ihren Tee, Herr Kommissar?«

»Genauso wie Sie.«

Hassan schenkte Tee in zwei Schälchen und gab in jedes zwei Stück Würfelzucker. Bevor er die Schale an die Lippen führte, nickte er seinem Besucher kurz zu. Rubin erwiderte die Geste, und sie nahmen einen vorsichtigen Schluck. Der Tee schmeckte herb und rauchig. Hassan sagte:

»Karawanentee, eine Spezialität.«

Rubin nahm einen weiteren Schluck, den er im Mund prüfend von einer Seite auf die andere schob.

»Ich könnte mich daran gewöhnen.«

Hassan drückte seinen Rücken in den Korbsessel. Er hatte sein Handy auf die Tischplatte gelegt und entzündete mit hektischen Bewegungen, die nicht zu seiner kühlen Haltung passen wollten, eine Zigarette. Ihrem Rauch entströmte ein Geruch nach Nelken.

»Das Handy steht nicht still, seitdem Serkan … Gut, machen wir es kurz. Was wollen Sie wissen, Herr Kommissar?«

»Haben Sie mit Serkan den Markt gemeinsam betrieben?«

»Ich bin der Geschäftsführer. Serkan war angestellt. Alles korrekt angemeldet. Ich kann es beweisen.«

»Das ist nicht nötig.«

Hassan verdrehte die Augen, er hatte sich die ganze Zeit zusammengerissen, plötzlich platzte es aus ihm heraus: »Ihr seid doch alle hinter uns her!«, schrie er. »Ihr hättet am liebsten, wenn ich gar nicht da wäre! Ich bin seit sieben Jahren in der Stadt, und seitdem gibt es immer nur Ärger!«

Freitag schreckte bei Hassans Ausbruch auf und sah Rubin verwirrt an, der unbeirrt fragte: »Wer macht Ihnen denn Ärger?«

»Na, wer wohl? Schirner, mein Nachbar. Er lässt keine Gelegenheit aus, uns schlechtzumachen. Ich wüsste gerne, was ich ihm getan haben soll.«

»Er behauptet, Ihre Kundschaft stört die Ordnung.«

»Ja, ja«, rief Hassan hitzig, »das behauptet Schirner immer. ›Hassans Kunden saufen wie die Löcher!‹ Ha, wenn ich das schon höre! Die meisten meiner Kunden haben in ihrem Leben noch nie einen Tropfen Alkohol getrunken. Ich glaube, der Typ hat Wahnvorstellungen.«

»Hat er alles nur erfunden?«

»Was weiß ich denn? Wahrscheinlich schluckt er selbst wie ein Loch und kann sich nicht vorstellen, dass sich andere Leute nicht das Hirn aus dem Schädel saufen.«

»Haben Sie nie mit ihm darüber gesprochen?«, fragte Rubin.

Hassan stieß ein verächtliches Lachen aus.

»Pah, reden mit dem!«

Offensichtlich war nichts aus ihm herauszuholen. Rubin probierte es anders.

»Wann haben Sie Ihren Bruder Serkan zum letzten Mal gesehen?«

»Gestern Abend. Etwa um sieben, als ich den Laden verließ.«

»Haben Sie ihn danach noch einmal gesprochen?«

»Nein.«

»Also hat Serkan gestern Abend den Laden geschlossen.«

»Ja.«

»Kam das oft vor?«

»Mal schließt er ab, mal ich. Das ist egal für uns.« Hassan schielte immer wieder auf sein Handy auf dem Tisch.

»Was genau waren Serkans Aufgaben?«

»Was gerade anfällt, er hat Waren bestellt und verkauft, Reparaturen übernommen, Computer ausgeliefert und eingerichtet.«

»Haben Sie weitere Angestellte?«

»Meine Frau hilft hin und wieder.«

»Welche Aufträge hatte Serkan gestern?«, wollte Rubin wissen.

»Schwer zu sagen.«

»Gibt es Quittungen, Belege, Auftragsbestätigungen?«

Hassan drückte seine Zigarette aus, schwang sich aus seinem Sessel. Er eilte in den Raum, aus dem er eben gekommen war. Als er zurückkam, zeigte er wieder den bitteren Gesichtsausdruck von vorhin und schleuderte einen Stapel Papiere auf die Tischplatte.

»Hier«, rief er, »alles hat seine Ordnung! Hier ist der Beleg eines Computers, den dieser Igor … den jemand gekauft hat.« Hassan verzog das Gesicht, ballte die Faust, riss sich aber augenblicklich wieder zusammen

»Wer ist Igor?«

»Niemand. Er spielt keine Rolle.«

»Woher wollen Sie das wissen?«

Wieder entsann sich Rubin der Worte Hassans am Brunnen:

»Das Schwein mache ich kalt!« Waren sie vielleicht auf diesen Igor gemünzt, vermutlich ein Russe oder Ukrainer? Rubin war drauf und dran, Hassan darauf anzusprechen. Doch er ließ es sein. Er wusste, es war sinnlos. Wie hätte er seine Frage stellen sollen? Haben Sie Igor in Verdacht? Haben Sie überhaupt jemand in Verdacht? Hatte Serkan Feinde?

Die Frage nach Feinden war die sinnloseste Frage in einer Ermittlung. Denn es konnte auf sie niemals eine ehrliche Antwort geben. Deshalb hatte Rubin sie schon lange nicht mehr gestellt.

»Was gab es gestern sonst noch?«, fragte er.

»Da war noch ein Handy, ein teures Smartphone, das zur Reparatur hier war. Serkan ist mit dem Kunden in Streit geraten – Scheißkerl, der braucht nicht wiederzukommen!«

»Haben Sie den Namen des Kunden?«, fragte Rubin.

»Einen Moment.« Hassan suchte die Auftragsbestätigung aus den Papieren. Als er sie gefunden hatte, schob er sie Rubin beinahe verschwörerisch über die Tischplatte zu. Es war ein Name mit einer Hotelanschrift: das Hotel am Marktplatz.

Rubin erhob sich aus dem Sessel und dankte für den Tee. Er schloss seinen Mantel. Dann sagte er: »Eine letzte Frage habe ich noch: Was ist eigentlich Halva?«

»Halva, wie kommen Sie darauf?«

»Jemand, den ich sehr gut kenne, ist ganz verrückt danach.«

Hassan holte aus einem Hängeschrank hinter der Theke eine graubraune, längliche, in Zellophanfolie eingewickelte Masse auf einer Kuchenform hervor. Er schnitt mit einem Küchenmesser ein schmales Stück ab und reichte es Rubin auf der Messerklinge.

»Unsere Mutter macht Halva nach altem Rezept.«

Die süße, sandige Masse löste sich auf Rubins Zunge und verwandelte sich in einen körnigen Brei, der teilweise am Gaumen kleben blieb und seinen Mund augenblicklich trockenlegte. Halva schmeckte nach Mandeln, Nüssen und Honig. Es schmeckte wie nichts, das er je zuvor gekostet hatte. Rubin konnte nicht anders – er musste innerlich herzhaft grinsen:

»Bernstein, du raffinierter Genießer!«

8

Rubin blieb vor der Fassade des Café Schirner stehen und betrachtete das große, beschriftete Fenster und die sich automatisch öffnende Eingangstür. Der Anblick erinnerte ihn an seine Kindheit und an die immer gleichen Rituale an stillen Sonntagen.

Damals hatte als Erstes der Kirchgang auf dem Plan gestanden. Rubin hatte dafür eine spezielle feierliche Sonntagsmontur besessen, eine Stoffhose, die an den Oberschenkeln kratzte, und mehrere karierte Hemden mit langen, spitzen Kragen, die sich schon nach wenigen Minuten am Körper elektrisch aufluden und die Haare zu Berge stehen ließen. Manchmal bekam er auch einen kleinen Stromschlag. Bernsteins Eltern waren in der Hinsicht liberaler gewesen. Er durfte dieselben bequemen Hosen und Pullover tragen, die er auch in der Schule und beim Spielen anhatte.

Nach der Kirche hatte es den Sonntagsbraten gegeben, den seine Mutter schon am Abend zuvor angebraten hatte. Dazu Knödel und Rotkraut. Hatte es nie etwas anderes gegeben? Komisch. Wenn Rubin sich an die Sonntage seiner Kindheit erinnerte, stieg ihm nur der Duft des Bratens und die schale Würze des Rotkrauts mit ganzen Lorbeerblättern in die Nase, sonst nichts.

An den Nachmittagen hatte die Familie häufig das Café Schirner besucht. Anfangs waren noch die Großeltern dabei gewesen. Damals führte der Vater von Bernd Schirner, Heinz, das Café.

Beim Öffnen der Glastür vernahm Rubin eine Türglocke mit der Melodie von »Bruder Jakob«. Freitag horchte auf.

Seit Rubins Kindertagen hatte sich das Café kaum verändert, die Einrichtung war dieselbe, vielleicht auch die Tapeten und der dunkelgraue, im Mittelgang hellere, ausgetretene Steinboden.

Vorne rechts neben dem Eingang befand sich die Kuchentheke mit Torten, Schnittchen, Kaffeestückchen und dem berühmten

Bad Löwenauer Astkuchen. Diese Spezialität war ein längliches, gerolltes und mehrfach gekrümmtes Stück Blätterteig in der Form eines Astes, übergroß mit einer reichhaltigen Fettglasur.

Gegenüber saßen die Gäste, es waren an diesem Tag allerdings nicht allzu viele. Die Tische mit den weißen Decken waren kaum zur Hälfte besetzt. Alle Gespräche wurden wie hinter vorgehaltener Hand geführt.

Als Schirner Rubin mit Freitag erblickte, eilte er sogleich auf ihn zu. Er sah besorgt aus und sprach in deutlich leiserem Ton als noch am Morgen.

»Was kann ich für Sie tun, Herr Hauptkommissar?«

»Ich möchte auf heute Morgen zurückkommen.«

Schirner wirkte nervös und nickte mehrmals, dann flüsterte er: »Aber nicht hier, bitte kommen Sie in mein Büro.«

Er berührte Rubin leicht am Arm, und der Hauptkommissar folgte ihm mit Freitag unter den fragenden Blicken der Gäste, die allerdings nicht durch sein Erscheinen neugierig geworden waren, sondern einzig durch das merkwürdige Verhalten Schirners.

Sie betraten ein winziges Büro mit uralten Tapeten und Regalen voll grauer Aktenordner, in dem es nach alter Erbsensuppe roch. Das Fenster zum Hinterhof war gekippt, trotz der niedrigen Zimmertemperatur war Schirner in Hemdsärmeln. Aus dem Radio dudelte Schlagermusik.

»Am heißen Strand von Ibiza, da sah ich dich ...«

Freitag winselte leise, Rubin kam ohne Umschweife auf das morgendliche Gespräch zurück.

»Sie sprachen von Pack, das Hassans Mini-Supermarkt besucht. Wen meinten Sie genau?«

Schirner zog die Schultern hoch. Er sprach nun fast doppelt so laut wie eben noch im Café.

»Ich sehe sie jeden Tag. Türken und Russen und was weiß ich noch alles. Sie streichen um mein Café herum. Ich höre oft Beschwerden von meinen Gästen, wer da draußen wieder auf und ab geht.«

»Können Sie die Menschen beschreiben?«

»Sie sind laut und ungepflegt, pöbeln herum. Die meiste Zeit sind sie besoffen. Wissen Sie, wie viel Flachmänner und Zigarettenkippen ich jeden Tag vor meinem Laden zusammenkehre?«

»Haben Sie mit Hassan schon einmal darüber gesprochen?«

»Was? Reden mit dem?«, entfuhr es Schirner. »Mit dem kann man nicht reden, der ist stur wie ein Maulesel!«

»Komisch«, sagte Rubin, »ich habe auf dem Marktplatz noch keine Menschen gesehen, auf die Ihre Beschreibung passen könnte.«

»Tja, Sie sind einfach noch nicht lange genug wieder hier, Herr Hauptkommissar. Wie man hört, sind Sie ja ein geborener Bad Löwenauer. Ich dachte mir gleich, der Name Rubin, der sagt mir was, ich weiß aber nicht, woher.«

Schirner blickte Rubin erwartungsvoll an, aber der Hauptkommissar half ihm nicht auf die Sprünge.

»Wie auch immer, jedenfalls gut zu wissen, dass wieder ein Einheimischer in Bad Löwenau für Recht und Ordnung sorgt.«

Rubin ging nicht auf seine Worte ein und fragte: »Besuchen Hassans Kunden gelegentlich auch Ihr Café?«

Schirner zuckte entsetzt zusammen. Der gemäßigte Ton war augenblicklich wieder dahin.

»Was? Das sollten sie sich trauen! Ich würde sie eigenhändig rauswerfen! Das kann ich Ihnen sagen! Bei mir kriegen die kein Glas Leitungswasser.« Schirner war auf hundertachtzig.

»Was regt Sie so auf?«, fragte Rubin ruhig.

»Nichts! Nichts regt mich auf, ich will nur, dass hier alles seine Ordnung hat!«

Schirner stieß den Zeigefinger in die Höhe, Freitag reckte den Kopf nach ihm.

»Und ich will nicht, dass diese Typen auf unsere Kosten ihre Familien durchfüttern. Wir alle zahlen doch für diese Schmarotzer. Schon am Morgen besoffen, keine Arbeit und keine Lust auf Arbeit. Wir sind so blöd und holen sie uns ins Land! Die lachen sich doch tot, sage ich Ihnen! Hinter unserem Rücken verachten sie uns!«

»Wie gut kennen Sie den Toten, Ihren Nachbarn Serkan?«

Bei dieser Frage stutzte Schirner und schien misstrauisch zu werden. Wurde ihm erst jetzt klar, dass er mit einem Polizisten sprach und seine Worte mit Vorsicht wählen sollte? Rubin sah ihm an, dass er angestrengt nachdachte, um nichts Falsches zu sagen.

»Ich kenne ihn nicht gut. Aber was soll das? Was wollen Sie damit sagen?«

»Ich will gar nichts sagen«, erwiderte Rubin, »ich stelle nur Fragen.«

»Ich weiß nicht, worauf das hinauslaufen soll, ich ...«

In diesem Moment platzte ein junger Mann ins Büro.

»Vater, wo ist der Lieferschein von ...«

Freitag sprang sofort an ihm hoch und stupste ihn mit der Nase versehentlich in den Schritt. Davon war der junge Mann offensichtlich peinlich berührt. Hastig schob er Freitags Schädel zurück und machte zwei Schritte von dem Golden Retriever weg, genau in die Richtung, wo Rubin saß. Der Hauptkommissar konnte sehen, dass die linke Hand des jungen Mannes nervös zuckte.

»Das ist mein Ältester, Frank«, sagte Schirner und klopfte mit dem Handrücken gegen den Oberschenkel seines Sohnes. »Er wird mal mein Nachfolger.«

Rubin streckte ihm freundlich die Hand entgegen. Freitag starrte ihn mit offenem Maul an.

Obwohl er vermutlich Mitte zwanzig war, wirkte Frank wie ein Schuljunge. Er war mittelgroß, leicht korpulent und hatte kleine, dunkle, unruhige Augen. Er trug weiße Bäckerkluft, sein Haar war ordentlich geschnitten. Überhaupt war alles an ihm ordentlich, selbst die Züge seines Gesichtes waren ordentlich und ohne besondere Kennzeichen.

»Ich spreche mit deinem Vater gerade über Hassan. Und über den toten Serkan. Was hältst du von euren Nachbarn?«, fragte Rubin, dem es seltsam vorgekommen wäre, den Jungen nicht zu duzen.

Frank trat von einem Fuß auf den anderen und vermied es sichtlich, seinem Vater ins Gesicht zu blicken.

»Serkan? Ja, ich weiß nicht, ich –«

»Frank hat natürlich auch keinen Kontakt zu diesen Typen«, fiel Schirner ihm ins Wort.

»Das stimmt.« Franks Stimme klang brüchig. »Das ist nicht unser Umgang. Wir arbeiten hart für unser Geld.«

Schirner warf sich in die Brust. »Ich sage es jetzt mal ganz klar, Herr Hauptkommissar: Ich will diese Typen nicht in meiner Nähe! Da können Sie von mir denken, was Sie wollen. Zugegeben, was diesem Serkan passiert ist, ist eine schlimme Sache. Man wünscht keinem Menschen den Tod. Aber verlangen Sie nicht von mir, dass ich in Tränen ausbreche! Pack schlägt sich, Pack verträgt sich. Das ist meine Meinung. Ich hoffe nicht, dass unser Café durch diese Sache Umsatzeinbußen hat.«

Während sein Vater sprach, wurde Frank immer ruhiger, er trat nicht mehr von einem Fuß auf den anderen, und Rubin meinte sogar zu erkennen, dass seine Augen nun größer und klarer geworden waren.

»Vater hat recht«, sagte Frank. »Wir wünschen niemandem etwas Böses, aber Recht muss Recht bleiben. Wir wollen gar nicht wissen, welche Geschäfte die da drüben machen. Ich meine, womit die ihr Geld verdienen und ihre teuren Handys finanzieren, mit denen sie den ganzen Tag über den Marktplatz spazieren.«

Schirner hatte die Worte seines Sohnes mit stummem Kopfnicken kommentiert. Es war nicht zu übersehen, wie stolz er auf seinen Sprössling war, dessen Stimme nun lauter, fester und klarer als noch vor wenigen Minuten geklungen hatte.

Und Rubin entdeckte noch etwas: Gestärkt durch den Zuspruch seines Vaters, sah Frank für Momente wie ein zutiefst glücklicher Mensch aus, stolz und mit der Welt und sich im Reinen.

»Ja«, fuhr der Junge fort, »wir wollen nicht hoffen, dass wir Nachteile von der Sache haben. Ich meine, unser Café, umsatzmäßig.«

Rubins Blicke wechselten vom Sohn zum Vater und wieder zurück.

Frank Schirner wandte sich mit volltönender Stimme an seinen Vater. »Wir können das mit dem Lieferschein später erledigen. Ich mache woanders weiter, Vater.« Er warf Rubin einen fragenden Blick zu. »Wenn ich nicht mehr gebraucht werde, Herr Hauptkommissar, gehe ich wieder an die Arbeit.«

»Dies ist kein Verhör«, sagte Rubin. »Du kannst gehen.«

Frank Schirner verließ das Büro. Aus den Lautsprechern klang die Stimme eines Radiomoderators, der mit übertriebener Begeisterung den nächsten Musiktitel ankündigte.

Rubin kraulte das Fell von Freitag und erkundigte sich, wo Schirner den Abend zuvor verbracht hatte.

»Ich war zu Hause.«

»Was haben Sie dort gemacht?«

»Gearbeitet. Abrechnungen sortiert.«

»Hatten Sie den Fernseher laufen?«

»Natürlich nicht, ich sagte doch eben, ich habe gearbeitet!«

»Das Radio?«

»Ja, ich glaube, das Radio schon.«

»Was lief im Radio?«

»Woher soll ich das wissen?«

»Können Sie sich an den Sender erinnern?«

»Radio vier, genau wie jetzt, den habe ich immer laufen.«

»Welche Musik mögen Sie?«

Schirner riss die Augen auf. »Sie stellen Fragen, Herr Hauptkommissar! Keine Ahnung. Ich höre alles, was eben gerade läuft. Sagen Sie, was soll das Ganze …?«

»Und Ihre Frau, wo war die?«

»Sie war die ganze Zeit bei mir. Wir haben – wie gesagt – die Abrechnungen gemacht.«

»Und Ihr Sohn Frank?«

»Der auch.«

Rubin schlug die Stirn in Falten. »Frank backt am Morgen die Kuchen und erledigt am Abend die Abrechnungen«, sagte er, und seine Worte klangen, als ob sie nicht an sein Gegenüber gerichtet gewesen wären.

»Man kann sich nicht früh genug an die Verantwortung eines Unternehmers gewöhnen.«

Rubin lauschte der Musik aus den Lautsprechern. Eine männliche Stimme, süß wie eine Schnitte Prinzregententorte, sang:

»Du bist so gut zu mir, so gut zu mir, so gut zu mir …«

Rubin fragte, ohne die Augen auf Schirner zu richten: »Mag Frank Schlagermusik?«

»Woher soll ich das wissen? Außerdem haben wir nicht in erster Linie Radio gehört, sondern gearbeitet. Also, Herr Hauptkommissar, ich muss schon sagen …«

»Herr Schirner, ich habe keine weiteren Fragen mehr«, sagte Rubin und erhob sich langsam von seinem Stuhl.

Schirner erhob sich schneller. »Dann kann ich ja endlich wieder an meine Arbeit gehen. Die Geschäfte erledigen sich nämlich nicht von selbst – Herr Rubin!«

Draußen, wieder auf dem Marktplatz, dachte Rubin: Wie seltsam, da hockt der Junge den ganzen Abend bei den Eltern über den Abrechnungen und lauscht seichter Schlagermusik. Als Rubin jung gewesen war und sein Vater im Fernsehen die Hitparade eingeschaltet hatte, hatte er heftig mit ihm gezankt und gestritten, bis das Programm gewechselt wurde oder er unter Protest auf sein Zimmer ging.

Frank Schirner musste entweder ein besonders gutes oder besonders schlechtes Verhältnis zu seinen Eltern haben.

9

Ein schmaler Streifen Sonnenlicht brach durch die graue Wolkendecke. Das freie Blau des Himmels wirkte beinahe wie ein Fremdkörper.

Rubin ließ seinen Blick über die Fassaden der Häuser gleiten. Von den Fenstern in den zweiten Stockwerken, besser noch von den Dachgeschossen aus, konnte man den gesamten Platz gut überschauen.

Er erkundigte sich telefonisch bei Schwarze, ob inzwischen Hinweise von der Bevölkerung eingegangen seien.

»Tut mir leid, Chef, nichts zu vermelden.«

»Gut, dann nehmen Sie sich Jana Cerni zur Unterstützung und fragen Sie im Hotel nach.«

»Alles klar, Chef, danach könnten wir noch im ›Da Ricardo‹ nachfragen, in ›Pits Pinte‹ und einigen anderen Kneipen.«

»Gute Idee, Schwarze, machen Sie das.«

Kaum hatte er aufgelegt, da klingelte sein Handy. Rubin erwartete den Anruf der Gerichtsmedizin mit dem Ergebnis der Blutuntersuchung. Doch es war Bernstein.

»Wo bist du?«, fragte er.

»Auf dem Marktplatz.«

»Wunderbar, ich bin ganz in der Nähe. Wie sieht es aus? Bist du in der Stimmung für eine Schulstunde mit einer alten Erzieherin?«

»Meinst du, sie kann einen Hinweis liefern?«

»Todsicher, wir werden allerhand von ihr erfahren.«

»Also gut«, sagte Rubin und sah im selben Moment, wie Bernstein mit großen Schritten in seinem roten Anzug ohne Regenjacke und gelben Schirm auf ihn zusteuerte. Freitag eilte ihm entgegen.

Die Wohnung von Irmgard Rathenow, der ehemaligen Lehrerin von Rubin und Bernstein, befand sich im selben Haus wie das

Hotel am Marktplatz. Wenn man vor dem Haus stand, blickte man auf zwei Türen. Die eine war neu und modern und führte in die großzügige Hotellobby; die andere war schlicht und alt, brauchte dringend einen frischen Anstrich und führte in ein dunkles Treppenhaus, durch das man im Dachgeschoss zur Wohnung von Irmgard Rathenow gelangte.

Bernstein drückte die Klinke der alten, schwergängigen Haustür, die niemals verschlossen war, und trat mit Rubin und Freitag in die dunkle Wärme des Treppenhauses, in das nur durch ein einziges schmales Fenster schwaches Tageslicht strömte.

Muffige, abgestandene Luft, gemischt mit Lavendel-Raumspray, stieg in Rubins Nase. Das Ganze wirkte überraschenderweise nicht unangenehm auf ihn. Die dritte Treppenstufe von unten knarzte.

Irmgard Rathenow, die pensionierte Lehrerin für Deutsch, Englisch und Geschichte, küsste ihren ehemaligen Schüler Bernstein zur Begrüßung auf die Wange und rief: »Christoph, wie lange ist es jetzt her? Du hast dich nicht verändert, mein Junge. Komm an mein Herz.«

Sie küsste auch Rubin, der ein wenig verlegen war, nicht nur der besonderen Herzlichkeit wegen, sondern weil er von einem Moment auf den anderen wieder ein Schüler war. So, als ob ein Vierteljahrhundert einfach nicht stattgefunden hätte. Er stand vor seiner Lehrerin mit demselben Gefühl wie damals, als er wieder seine Hausaufgaben vergessen hatte und eine Ausrede erfinden musste. Rubin genoss das Gefühl, wie man ein Stück seines Lieblingskuchens genießt.

»Und wer ist das?«, fragte Irmgard und wuschelte Freitag über den Kopf.

»Das ist der beste Apporteur von Stöckchen in ganz Bad Löwenau«, antwortete Bernstein. Der Golden Retriever spürte, dass von ihm die Rede war, und wedelte zustimmend mit dem Schwanz.

Irmgard war von schmaler, zierlicher Gestalt und bewegte sich flink und mühelos. Dass sie bereits einundachtzig Jahre alt war, sah man höchstens ihrem von zahllosen Fältchen durchzogenen Gesicht an. Ihre Hände waren gepflegt und leicht gebräunt.

Ein dunkelroter Lippenstift verlieh ihrem ansonsten schalkhaften Gesicht eine irritierend sinnliche und extravagante Note. Auch ihre Kleidung war elegant, dabei ohne überflüssige Finessen oder Schmuck: Schlicht und zeitlos waren ihr Rock, ihre Bluse, ihre Schuhe; schöne Farben in schönen Formen.

»Herein mit euch«, sagte sie und eilte voraus. Ihre Stimme hatte selbst bei den unverfänglichsten Worten etwas Oberlehrerhaftes. Sie war laut und tragend, man konnte auch sagen: schrill und krähenartig. Jedoch immer voller Herz und Wärme.

Sie betraten das große, niedrige Wohnzimmer.

»Meiner Treu, es ist immer wieder eine Überraschung zu sehen, wie das Inventar deiner Wohnung sich stetig verflüchtigt. Von Besuch zu Besuch verschwinden immer mehr Dinge aus deiner Wohnung«, sagte Bernstein.

Irmgard lachte, setzte sich schwungvoll hinter ihren Schreibtisch und tippte etwas in die Tastatur ihres Laptops. Ohne aufzusehen, sagte sie:

»Und von Besuch zu Besuch fühle ich mich freier und unbeschwerter. Nehmt Platz! Ich muss noch schnell etwas abschicken. Bin gleich so weit.«

Rubin ließ sich auf einem Stuhl vor ihrem Schreibtisch nieder. Freitag kauerte sich zwischen Lehrerin und Schüler.

Bernstein blieb stehen. »Kein Mensch, den ich kenne, ist so konsequent wie Irmgard«, sagte er. »Sie hat eines merkwürdigen Tages eine erschütternde Entdeckung gemacht. Sie spürte: Hier stimmt etwas nicht in dem Schmuckkästchen meines Lebens. Sie begab sich sogleich auf die Suche nach der Ursache. Und fand sie im Nächstliegenden, wo – unter uns gesagt – die Ursache der meisten Ungemache zu finden ist. Irmgard begriff, dass die Dinge, mit denen sie sich umgab, begonnen hatten, ihr Leben zu beherrschen. Ihre kleine Wohnung war mit der Zeit immer enger geworden. Daraufhin hat sie einen radikalen Schnitt vollzogen. Sie behielt nur noch das, was sie unbedingt brauchte. Sie nennt es ›Konzentration auf das Wesentliche‹.«

Bernstein schritt auf und ab und schnippte mit den Fingern einen seltsamen Rhythmus. »Daraufhin fing sie an, Kleider zu verschenken, die sie lange nicht getragen hat, ebenso Schuhe. Dann ist sie an ihre Bücher und an ihre Bilder gegangen, an Nippes, Tand und all das, was in unserem Leben belanglos ist und wovon niemand sagen kann, wie es einmal zu uns gekommen ist. Eine ebenso einfache wie effektive Maßnahme. Hut ab!«

Rubin sah sich um und entdeckte in Irmgards Bücherregal nur drei Bücher und sehr viel leeren Raum. An den Wänden hingen keine Bilder. Nur eine Fotografie ihres verstorbenen Mannes befand sich auf dem Schreibtisch neben dem Wohnzimmerschrank.

»So, jetzt bin ich wieder ganz bei euch!«, sagte Irmgard.

»Ich wusste gar nicht, dass du Internet hast«, bemerkte Bernstein.

»Tja, mein Lieber, ich bin jetzt online!« Irmgard strahlte genüsslich, dann wurde sie ernst. »Also, Christoph, ich weiß, du bist jetzt Leiter der Polizei und bestimmt nicht hier, um einer alten Frau beim Chatten zuzusehen. Unser Carl hat dir bestimmt Wunderdinge von mir erzählt. Wie kann ich dir helfen?«

»Sie haben …«

»Du willst mich doch nicht ernsthaft siezen, Christoph, oder?«, unterbrach ihn Irmgard.

Rubin lächelte. »Also, du hast von hier oben einen prächtigen Ausblick auf den Löwenbrunnen«, sagte er wegen des »du« ein wenig zögerlich. »Hast du gestern Abend gegen dreiundzwanzig Uhr dort etwas Außergewöhnliches bemerkt?«

Irmgard zog Luft durch die Zähne. »Ich habe gehört, was mit dem armen Serkan geschehen ist – es ist schrecklich! Allerdings muss ich dich enttäuschen, Christoph, ich habe leider nichts Außergewöhnliches bemerkt.«

Rubin nickte. Bernstein rieb sich enttäuscht das Kinn.

»Ich muss aber auch zugeben, dass ich nicht mehr so aufmerksam bin wie früher.«

Aus ihrem Laptop erklang ein heller Glockenton, der die

Ankunft einer neuen Nachricht ankündigte. Augenblicklich wandte sich Irmgard wieder dem Computer zu.

»Könnte es vielleicht an deinem neuen Hobby liegen?«, fragte Bernstein.

Irmgard starrte gespannt auf den Bildschirm und murmelte: »Der Laptop ist meine erste Anschaffung seit Jahren. Ich verletze mein Prinzip aber nur scheinbar, denn dieses schmale Utensil ersetzt ein Dutzend anderer Dinge. Ich gewinne also mehr Raum. Und es ist eine Wucht, ich chatte den ganzen Tag.«

»Und mit wem?«

»Mit der ganzen Welt! Ich chatte auf Deutsch, Englisch, Französisch und Spanisch. Seit Kurzem bin ich auch Mitglied bei einer Partnervermittlung. Ich flirte online. Wie auch im Moment. Das geht flugs hin und her. Sensationell! Die jungen Burschen sind ganz verrückt nach mir.«

»Junge Burschen? Musst du auf der Internetseite kein Foto von dir einstellen?«

»Doch, das schon, aber ich habe meine Kreativität spielen lassen. Ich habe das Bild der letzten großen Diva genommen: Greta Garbo in der Blüte ihrer Jahre! Sie lieben mich dafür.«

»Sie lieben Greta Garbo!«, sagte Rubin.

»Christoph, sei doch nicht so haarspalterisch. Es ist ja schrecklich mit dir, genauso wie früher.«

Alle lachten.

»So. Jetzt ist es aber höchste Zeit für unseren Wacholder!« Irmgard stand auf, ging zum Schrank und holte eine Flasche und drei Gläser, die sie großzügig füllte. »Prost, Christoph, schön, dass du wieder bei uns bist. Prost, Carl.«

»Prost, Irmgard.«

Alle kippten den Wacholder auf einen Zug hinunter. Der Schnaps brannte scharf auf Rubins Zunge und verursachte ein kurzzeitiges Brennen in der Kehle.

Obwohl der Wacholder einen scheußlichen Geschmack in Rubins Mund hinterließ, zündete er ein kleines, flackerndes Licht in seinem Inneren an. Nach einem Seufzer des Behagens grinste Bernstein breit und leckte sich die Lippen.

»Guter Stoff, oder?«, rief Irmgard. »Den hat mein Neffe selbst gebrannt.«

Rubin sagte erst mal nichts. Irmgard wandte sich wieder ihrem Computer zu.

»Den hat übrigens Serkan für mich eingerichtet. Ich könnte heulen, wenn ich daran denke.«

»Wie wirkte Serkan auf dich?«, fragte Rubin mit belegter Stimme.

»Oh, er war äußerst hilfsbereit und zuvorkommend. Für mein Empfinden hätte er gerne etwas wilder sein können, aber man kann nicht alles haben. Sozialverhalten: Note Eins. Allgemeinbildung: eine gute Zwei. Deutsch und Kunst: hervorragend. Wir haben viel über Kunst und Literatur gesprochen, über Chagall, Breughel und Stefan George. Stell dir vor: ein junger Mann, der auf Stefan George steht!«

Wieder erklang der Glockenton aus ihrem Computer. Augenblicklich tippte Irmgard eine Antwort.

»Entschuldigt bitte. Wo war ich stehen geblieben?«

»Serkan mochte Kunst und Literatur.«

»Richtig, aber auch mit der Technik war er vertraut. Mit einer Engelsgeduld hat er mir den Computer aufgebaut und die Verbindungen gesteckt.«

Sie tippte in rasender Geschwindigkeit auf die Tastatur und sandte die Nachricht ab, während sie weiter mit Rubin sprach, der sich allmählich fragte, ob das Internet wirklich ein Gewinn für sie war.

»Einmal war er sogar nach Feierabend bei mir und hat sich viel Zeit genommen, meine dummen Fragen zu beantworten. Ich habe für ihn gekocht. Es hat dem Jungen gut geschmeckt, bloß meinen Wacholder, den wollte er nicht.«

»Aus religiösen Gründen?«

»Das bezweifle ich. Er sagte, der Alkohol würde ihm nicht bekommen. Er war ein zerbrechlicher Mensch.«

»Zerbrechlich?«

»Er war körperlich nicht belastbar und hatte eine schlechte Konstitution. Immer wenn er bei mir hier oben anlangte, war er völlig außer Atem und brauchte Minuten, um wieder zu sich zu kommen. Einmal befürchtete ich schon, ich müsste den Arzt rufen.«

»Was sagte er selbst dazu?«

»Er sagte, das wäre bei ihm eben so. Das sei sein Leben, er hätte kein anderes zur Verfügung.«

»Klingt irgendwie tiefschürfend«, bemerkte Bernstein.

»Ich riet ihm, ein bisschen Sport zu treiben, aber er winkte ab.«

»Wie winkte er ab? Verächtlich?«, wollte Bernstein wissen.

»Lass mich überlegen. Nein, nicht verächtlich, eher traurig. So als ob er gerne Sport treiben würde, es aber aus irgendeinem Grund nicht könnte. Oder dürfte. Aber das findet man ja häufig: Sport mangelhaft, Deutsch sehr gut!«

Rubin überlegte; er verglich das Bild, das Irmgard von Serkan zeichnete, mit dem, was er am Morgen in der Praxis von Peng Ching erfahren hatte. Er hatte in Serkan bislang einen jungen, zarten Musiker gesehen, der sich im Laden des Bruders seinen Lebensunterhalt verdiente. Jetzt geriet dieses Bild ins Wanken. Es kam hinzu, dass Serkan eine Ader für Kunst und Literatur hatte und sich auch in technischen Dingen auskannte – eine sehr seltene Kombination. Welcher Künstler konnte mit einem Computer mehr anfangen, als ihn ein- und wieder auszuschalten?

Rubin ging zum Fenster und schaute auf den Marktplatz hinab. Der Löwenbrunnen war deutlich zu sehen. Das Blattgold der Figuren glänzte matt.

Als er sich wieder Irmgard zuwandte, hatte sie die Gläser bereits zum zweiten Mal gefüllt.

»Na gut, einen noch«, sagte Bernstein.

Sie prosteten einander zu. Ihre Blicke trafen sich. Rubin sah, dass seine alte Lehrerin Tränen in den Augen hatte. Er kippte den Wacholder auf einen Zug herunter. Das Licht in seinem Inneren brannte heller, und für einen Moment drehte sich der Raum, rotierte einmal um die eigene Achse und kam wieder zum Stehen.

Schon in der Tür vernahmen Rubin und Bernstein wieder

den hellen Signalton aus Irmgards Laptop. Sie rief energisch irgendetwas auf Französisch.

Im Treppenhaus sagte Bernstein: »Ich hatte mir mehr erwartet.«

»Wir müssen mit dem arbeiten, was wir kriegen können. Wolltest du nicht mit der Psychologin reden?«

»Ich habe in einer halben Stunde einen Termin mit ihr.«

»Gut, Bernstein«, sagte Rubin.

Er nahm die Gerüche im Treppenhaus wieder deutlich wahr, bloß etwas beißender als eben noch, überdies wirkte die Dunkelheit gedämpfter und so, als ob sie künstlich in die Breite gezogen worden wäre. Die drittletzte Stufe knarzte so laut wie zuvor.

Draußen auf dem Marktplatz fühlte er eine taube Benommenheit. Er riss sich zusammen, schärfte seinen Blick und sah wieder klar. Die Flamme in seinem Inneren erlosch an der kalten, schneidenden Luft. Bloß das Gefühl der Wärme, das er bei seiner alten Lehrerin empfunden hatte, war noch immer lebendig.

10

Carl Bernstein schielte durch das Verkaufsfenster von Hassans Mini-Supermarkt. Der Laden war, soweit er erkennen konnte, menschenleer. Er horchte auf Geräusche von drinnen und nahm die dumpfen Klänge von orientalischer Musik wahr.

Augenblicklich sah er vor seinem geistigen Auge eine Karawane in der Sahara, sah Unmengen von Sand und einen blassblauen Himmel. Kurzerhand erfand er stolze Beduinen und Haremsdamen dazu, in wallenden weißen Gewändern und durchsichtigen Schleiern. Eine Band, deren Mitglieder allesamt rosafarbene Kaftane trugen, spielte in einer Oase im Schatten von Feigenbäumen.

Er schnippte den Rhythmus, zumindest solange er dem Beat der Musik aus Hassans Mini-Supermarkt folgen konnte. Denn das Gejohle der Jugendlichen hinter ihm, die am Löwenbrunnen einen Tennisball hin und her schoben, war lauter. Die Gespräche der Kurgäste, die über den Marktplatz bummelten, die Feinheiten der Fachwerkarchitektur bestaunten und sich darüber austauschten, ebenfalls.

Bernstein zuckte die Schultern, wandte sich von Hassans Laden fünf Schritte nach rechts und drückte entschlossen die Klingel der Praxis von Psychologin Sybille Meyer.

»Ja«, klang es träge aus der Gegensprechanlage.

»Hier ist Dr. Jekyll mit Mr. Hyde, wir hätten gerne Fräulein Freud gesprochen.«

»Wie bitte?«

»Nur ein Scherz, Frau Meyer. Carl Bernstein vom Bad Löwenauer Anzeiger hier.«

Ein Summton erklang, Bernstein presste die Schulter gegen die Tür und schwang sich in das helle Treppenhaus.

Es war kaum eine Stunde vergangen, seitdem der Termin zum Interview vereinbart worden war. Es war ein Kinderspiel gewesen, Sybille Meyer hatte augenblicklich zugesagt. Die wortreich und in sanften Tönen vorgetragene Ankündigung Bernsteins, ihre Angelegenheit zu einem Top-Tagesthema zu machen, hatte die Neugierde der Psychologin geweckt und ihr allgemeines Misstrauen gegenüber der Presse gedämpft.

Für das Interview hatte Bernstein einen anthrazitfarbenen Wollanzug gewählt, den er auf einem Flohmarkt in Soho erstanden hatte. Darunter eine in Rauten gemusterte Weste und ein champagnerfarbenes Hemd mit Haifischkragen. Um den Hals hatte er ein schlichtes rotes Tuch gebunden, seine Füße steckten in groben wasserabweisenden Wanderschuhen.

»Ich freue mich sehr, dass Sie sich Zeit für mich genommen haben«, sagte er.

Sybille Meyer musterte ihn abschätzend. Bernstein spürte deutlich den Scanner ihrer Augen über seine Garderobe laufen. Es amüsierte und ermunterte ihn.

»Bitte folgen Sie mir«, sagte sie neutral.

Sie trug ein Sweatshirt und eine weit ausgestellte Hose mit dezentem Batikmuster. Hinter einer Brille mit bunten Bügeln erschienen ihre Augen schleierhaft, sodass ihr ungeschminktes Gesicht auf Bernstein wie eine Maske mit verbundenen Augen wirkte.

Sie führte ihn durch einen Gang mit medizinischen Werbeplakaten und naiven Kindermalereien.

»Ich muss mich nochmals dafür entschuldigen, dass ich bisher keine Zeit hatte, mich Ihrer Sache anzunehmen«, sagte Bernstein. »Lärmbelästigung ist eine schwerwiegende Angelegenheit. Aber was ist das denn?«

Er starrte auf ein abstraktes Aquarell an der Wand.

»Alles, was recht ist: diese Farben, diese Energie, diese Vitalität! Ich bin überwältigt!«

»Das hat meine Nichte gemalt, kurz nach der Scheidung ihrer Eltern«, sagte Sybille Meyer trocken.

Die Psychologin führte Bernstein in ihr Arbeitszimmer. Wie die meisten Räume in alten Bad Löwenauer Fachwerkhäusern hatte es eine niedrige Decke und schmale Fenster. Es befanden sich kaum Möbel in dem Zimmer.

Bernstein legte den Finger an die Lippen und zischte: »Pst!« Er legte den Kopf auf die Seite und blickte erwartungsvoll in Richtung Sybille Meyer.

»Ich lausche und lausche und – höre deutlich: Musik!«

»Das geht den ganzen Tag so. Das alte Haus ist einfach hellhörig«, antwortete die Psychologin ohne Leidenschaft.

»Fluch und Segen unserer schönen Fachwerkarchitektur.«

Sybille Meyer ließ sich an ihrem Schreibtisch mit Glasplatte nieder, auf dem sich neben einem Computermonitor nur eine getöpferte Teetasse und ein angebissener Apfel auf einer Untertasse befanden.

Sie wies Bernstein an, an der Patientenseite des Tisches Platz zu nehmen. Er sah sich um und wunderte sich.

»Komisch, haben Sie gar kein Sofa?«

Die Psychologin überhörte seine Frage, während Bernstein ein Mikrofon vor ihr aufbaute. Er wusste: Die Menschen nehmen sich und ihre Antworten wichtiger, wenn sich ein Mikrofon vor ihrer Nase befindet.

»Frau Meyer, Sie sind eine stadtbekannte Ärztin, genießen einen untadeligen Ruf, Ihre Patienten begeben sich vertrauensvoll in die Obhut Ihrer helfenden Hände. Könnten Sie kurz für unsere Leser beschreiben, inwiefern die Lärmbelästigungen aus Hassans Laden Sie an der Ausübung Ihrer Tätigkeit hindern?«

Die Psychologin brachte sich auf ihrem Stuhl in Position und fixierte abwechselnd Bernstein und das Mikrofon.

»Es ist besonders kontraproduktiv in den Morgenstunden, wenn ich mit meinen Patienten Entspannungsübungen abhalte.«

Sybille Meyer sprach in einem leisen, dumpfen Tonfall. Für Bernstein klang es, als habe sie eine heiße Kartoffel oder einen Wattebausch in der Backe. Bei dieser Stimme würde er als Patient auf der Stelle einschlafen.

»Haben Sie eine Vorstellung, wie der Lärm nach oben dringt?«

»Durch den schlecht isolierten Fußboden, vermute ich, und durch das Lüftungsrohr dort hinter Ihnen.«

Bernstein drehte sich um. An der Wand befand sich ein

länglicher, schmaler, etwa zwanzig Zentimeter tiefer Kasten, der vom Boden bis zur Decke reichte. In Kopfhöhe war eine Abdeckung mit Lamellen angebracht, die über einen Schieber verschließbar war. Die Lamellen waren geschlossen, allerdings nicht vollständig.

»Das alte Ding schließt nicht richtig«, sagte Bernstein.

Die Psychologin nickte.

»Gestatten Sie?«, fragte Bernstein und deutete auf den Kasten.

»Bitte.«

Bernstein sprang auf und legte sein Ohr an die Lamellen. Zum ersten Mal, seit er in der Praxis war, hörte er tatsächlich etwas. Es erklang gedämpft die Musik von vorhin. Das war alles.

»Erstaunlich«, sagte er.

»Nervtötend, würde ich eher sagen.«

»Haben Sie gestern Abend gegen dreiundzwanzig Uhr etwas Außergewöhnliches gehört? Schreie, Stöße zum Beispiel oder einen Peitschenknall oder Pistolenschuss?«

Sybille Meyer warf Bernstein einen missbilligenden Blick zu. »Nein, natürlich nicht! Ich weiß, worauf Sie anspielen. Von mir können Sie leider nichts erfahren. Ich habe nichts gehört.«

»Haben Sie nie mit Hassan oder Serkan wegen des Lärms gesprochen?«

»Unzählige Male.«

»Und?«

»Sie haben sich tausendfach entschuldigt und geschworen, dass es nie wieder vorkommen wird.«

»Lassen Sie mich raten: Danach blieb alles beim Alten.«

»So ist es leider.«

»Haben Sie häufiger mit Hassan oder mit Serkan gesprochen?«

»Fast ausschließlich mit Hassan. Serkan blieb im Hintergrund. Er war eher der Typ stiller Brüter. Er war sehr auffällig ruhig, fast könnte man sagen sediert. Ich hatte schon den Verdacht einer Depression.«

»War er bei Ihnen in Behandlung?«

Sybille Meyer stutzte, schlug die Augen auf. »Darauf kann ich Ihnen keine Antwort geben, Herr Bernstein«, sagte sie und nahm einen Schluck von ihrem Tee. Als sie die Tasse mit einem deutlichen Schlag auf der Glasplatte des Schreibtisches absetzte, schien ihr etwas einzufallen.

»Entschuldigung, ich bin eine schlechte Gastgeberin. Ich habe ganz vergessen, Ihnen Tee anzubieten. Möchten Sie?«

»Gerne.«

»Ingwer-, Yogi- oder Ayurveda-Tee?«

Bernstein reckte den Kopf in die Höhe und sagte in vollem Brustton: »Yogi-Tee, meine Leidenschaft!«

Sybille Meyer verschwand in die Teeküche. Bernstein blieb an der Wand stehen und legte wieder sein Ohr an den Lüftungsschacht. Sehr leise und vage drangen Klänge an sein Ohr. Er dachte: So sind die Menschen verschieden in dem, was sie von der Welt wahrnehmen.

Wenn er seine Kolumne schrieb, dann mochte er die Stille nicht. Sie war ihm aufdringlich. Er musste Musik um sich haben. Beim Schreiben hörte er am liebsten lauten Punk: The Clash – *»London calling, the war is declared!«* Oder The Kills. Oder Bad Tempered Moon: *»I don't have a face and a name, but slowly I'm coming alive«*. Wenn die Musik um ihn herum in Aufruhr war, entwickelte er die besten Gedanken.

Bernstein lauschte wieder. Jetzt vernahm er Stimmen. Nein, nicht mehrere Stimmen, nur eine: Hassans Stimme, dunkel, dumpf, halb durch die Windungen des Lüftungsschachtes verschluckt. Es war unmissverständlich, dass er schrie, seine Stimme überschlug sich, laut, anklagend, unversöhnlich.

Doch wen schrie er an? Bernstein hörte keine Antworten, keinen Wortwechsel. Überhaupt waren keine einzelnen Wörter zu verstehen. Es war ein einziger Brei aus Klängen, der allmählich die Lamellen zum Vibrieren brachte.

Bernstein öffnete den Schieber, und plötzlich war es so, als ob eine Wolldecke von einem Lautsprecher entfernt worden wäre. Jetzt konnte Bernstein einzelne Worte vernehmen.

Er hörte den Namen »Igor«, wieder und wieder. Hassan schrie ihn laut heraus.

»Ich kriege dich, Igor. Ich mach dich kalt!«

Noch immer war von Igor keine Reaktion zu hören. Bernstein begriff. Igor war gar nicht im Laden, Hassan telefonierte!

Die letzten Worte, die Bernstein klar verstehen konnte, lauteten:

»Ich weiß, wo du wohnst!«

Es gab einen Knall, einen Schlag, und Bernstein hörte Hassan auf Türkisch fluchen.

Dann herrschte Stille, auch die Musik war verstummt.

Bernstein griff zu seinem Handy und wählte die Nummer von Rubin.

»Ja, Bern–«

»Wo bist du?«

»In der Inspektion.«

»Komm augenblicklich zum Marktplatz. Es zählt jede Sekunde!«

Bernstein packte sein Mikrofon und sprang in den Gang. Durch die halb geöffnete Tür zur Teeküche rief er:

»Tut mir leid, Frau Meyer, ich erhalte gerade eine Anfrage für ein außerordentliches Gipfeltreffen mit internationalen Geschäftsleuten. Ich melde mich bei Ihnen.«

Bernstein schwang sich die Treppe hinunter und stand wenige Momente später atemlos vor Rubin auf dem Marktplatz. Rubin zog seinen Mantel über und sah ihn verständnislos an.

»Sagt dir der Name Igor etwas?«, keuchte Bernstein.

»Igor? Ja, Hassan hat von einem Igor gesprochen. Zwischen Serkan und ihm gab es offenbar Spannungen.«

»Ich fürchte, Hassan ist gerade im Begriff, diese Spannungen auf sportliche Weise abzubauen. Es riecht nach Ärger!«

»Woher weißt du das?«

»Später, mein Lieber, später. Zunächst müssen wir diesen Igor finden.«

Bernstein wählte eine Kurzwahlnummer und begrüßte seinen Gesprächspartner am anderen Ende auf Russisch. In dieser Sprache klang seine Stimme doppelt so tief wie sonst. Alles, was Rubin verstehen konnte, waren die Worte »Igor« und »do swidanja«: auf Wiedersehen.

»Es ist ein unschätzbarer Vorteil, in allen Teilen der Stadt seine

Quellen und Informanten zu haben«, intonierte Bernstein mit breitem Grinsen. »Ich weiß, wo Igor wohnt. Und wenn mich nicht alles täuscht, empfängt er in diesen Minuten einen höchst ungebetenen Besucher.«

»Ist es weit von hier?«

»Ein großer Schritt für die Menschheit, ein Katzensprung für uns!«

11

Hinter Hassans Mini-Supermarkt überquerten sie eine schmale Gasse, dann liefen sie schnurgerade weiter, vorbei an der Metzgerei und dem Nagelstudio mit seinem Kundenfänger, der vollständig den Bürgersteig blockierte. Freitag gefiel die unverhoffte Laufeinlage. Er bellte vor Vergnügen.

»Nach links!«, rief Bernstein.

In diesem Teil von Bad Löwenau, unmittelbar hinter dem Vorzeigemarktplatz, gab es keine Fachwerkbauten mehr und auch kein Kopfsteinpflaster. Die Siebziger-Jahre-Fassaden waren schmucklos, am Straßenrand parkten ausschließlich Klein- und Mittelklassewagen.

»Wir sind da. Die Wohnung liegt im zweiten Stock«, sagte Bernstein vor einem Mehrfamilienhaus.

Sie klingelten. Niemand öffnete. Sie klingelten Sturm. Vergeblich. Schließlich versuchten sie es bei einem Nachbarn, der sie in den Hausflur ließ.

Sie stürmten die Treppe hoch und erreichten keuchend die Wohnungstür. Sie klingelten wieder, hörten drinnen Geschrei und Gepolter und begannen, an die Tür zu hämmern. Schließlich öffnete eine junge blonde Frau in einem Trainingsanzug, sie war tränenüberströmt.

Bernstein und Rubin drängten sich an ihr vorbei in die Wohnung, liefen einen kurzen Flur entlang und kamen in ein kleines Wohnzimmer. Abrupt blieben sie stehen. Hassan und ein Mann von bärenhaften Ausmaßen mit hölzernen Bewegungen kämpften miteinander, hasserfüllt und schnaubend. Sie schlugen blindwütig aufeinander ein und stießen auf Türkisch und Russisch Beleidigungen aus. Auf dem Boden lagen Blumenvasenscherben, zersprungene Zierteller und zwei Bierflaschen.

Rubin und Bernstein stürzten auf die Kampfhähne los; Rubin nahm sich Hassan vor, Bernstein den Russen, Freitag bellte irritiert und fixierte Rubin, ohne sich von der Stelle zu rühren.

Bernstein stieß einen scharfen Schrei aus, brüllte etwas auf Russisch und verpasste dem Hünen einen gezielten Hieb gegen die Schulter. Er prallte gegen den Wohnzimmerschrank. Es gab einen dumpfen Schlag, Porzellanfiguren und grellbunte Matroschka-Puppen fielen zu Boden. Der Russe verharrte benommen.

Die junge Frau im Trainingsanzug stand abseits, zitterte und weinte stumm.

Hassan versuchte die Situation zu nutzen, da der Russe vorübergehend kampfunfähig war, und wollte ihm eine verpassen. In letzter Sekunde konnte Rubin ihn daran hindern. Er packte Hassan am Ärmel. Der entzog sich allerdings dem Griff und schrie: »Finger weg!«

Er setzte an, dem Hauptkommissar einen Schlag zu verpassen, doch Rubin war schneller. Er holte mit der linken Faust aus und traf Hassan am linken Auge. Der schrie und taumelte, Freitag jaulte, und Rubin erwartete Gegenwehr. Doch nichts geschah. Hassan sank auf ein Sofa und presste sich die Innenfläche seiner Hand aufs Auge. Er stöhnte unter den argwöhnischen Blicken des Russen, der sich schon wieder erholt hatte, und zischte etwas auf Türkisch. Dann hellte sich seine Miene auf. In seinem unversehrten Auge ließ er ein kühles Lächeln blitzen.

»Respekt, Herr Kommissar, Sie haben eine gute Linke.«

»Was geht hier vor?«, rief Rubin.

In diesem Moment setzte der Russe hinter seinem Rücken zu einem Angriff auf ihn an. Bernstein erkannte die Absicht und sprang dazwischen. Sein rechter Aufwärtshaken traf den Russen ungebremst am Kinn und streckte ihn zu Boden. Ein glatter Treffer, der ihn nicht weniger schmerzte als den Getroffenen. Die junge Frau schrie auf, der Russe sagte gar nichts, dann rappelte er sich wieder auf die Beine und presste ein Lachen hervor.

Rubin starrte entsetzt auf Bernsteins Schlaghand, die er mit verzerrter Miene gegen die Brust drückte.

»Alles in Ordnung?«, erkundigte sich Rubin.

Bernstein nickte.

»Nix passiert«, sagte der Russe mit einer dunklen, schwerfälligen Stimme. »Alles okay. Kein Ärger, Kinn tun weh, Hand tun weh, sonst nix!«

»Natürlich«, sagte Bernstein, »ihr habt nur Geschäftsverhandlungen unter Gentlemen geführt.«

»So ist«, nickte der Russe.

Rubin musterte ihn scharf und sagte: »Sie heißen Igor, nicht wahr?«

»So ist.«

»Und Sie waren gestern Nachmittag bei Serkan.«

»So ist.«

»Ist das der Grund für diesen Kampf?«

»Welche Kampf? Hier kein Kampf«, sagte Igor mit einem süffisanten Lächeln.

»Worum ging es gestern mit Serkan?«, fragte Rubin.

Igor bedachte Hassan mit einem verächtlichen Blick und brummte: »Serkan hat geliefert Scheißware!«

»Das ist nicht wahr, Dreckskerl!«, rief Hassan.

»Ist so: Computer war in Arsch. Serkan gelogen!«

»Vorsicht, du …«

Hassan sprang vom Sofa auf und nahm erneut Angriffshaltung an. Rubin trat einen Schritt vor und sagte ohne Hast, jede Silbe betonend:

»Halt endlich den Mund, Hassan!«

Und zu Igor gewandt: »Gab es einen Streit zwischen Ihnen und Serkan?«

»Streit unter Freunde.«

»Hat der Streit Ihr Problem gelöst?«

Der Russe grinste verächtlich. »Probleme gibt nur unter Männer. Serkan kein Mann. Serkan Weichei!«

Hassan konnte nicht mehr an sich halten. »Du beleidigst meinen Bruder nicht!«

»Er mich beleidigt!«

»Du hast ihn beleidigt!«

»Serkan beleidigt *mich*!«

Rubin sprang erneut zwischen die beiden Streithähne und riss seinen Arm in die Höhe.

»Stopp jetzt! Es reicht!«

Er sah zu Bernstein hinüber. Der rieb sich die rechte Hand und schüttelte den Kopf.

»Hassan, warten Sie draußen vor der Haustür auf uns!«, sagte Rubin. »Igor, ich habe noch ein paar Fragen an Sie. Die werde ich Ihnen stellen, sobald Hassan draußen ist.«

Ohne ein Wort verließ Hassan die Wohnung, vorbei an Rubin, Bernstein und der jungen Frau. Er würdigte niemanden eines Blickes, stolz und hochmütig und ohne den geringsten Anflug von Selbstzweifeln.

»Sie haben mit Serkan gestritten. Wie sah dieser Streit aus? So wie eben mit Hassan?«, fragte Rubin.

Igor wischte mit dem Handrücken über sein Kinn. »Nein, Serkan war kein Mann, war Weichei, habe schon gesagt.«

»Wie hat er sich während des Streits verhalten? War er aufbrausend?«

Der Russe sah Rubin ungläubig an. »Weiß nicht«, sagte er in tiefstem Basston.

»Hatte er Angst?«

»Weiß nicht«, wiederholte der Russe.

»Beim Barte des Zaren und des guten Rasputin, aus diesem Kosaken ist nichts herauszuholen. Igor ist heute so verschwiegen wie die Taiga weit«, sagte Bernstein.

Igor warf ihm ein listiges Grinsen zu.

Doch Rubin wollte sich noch nicht geschlagen geben.

»Wo waren Sie gestern Abend gegen dreiundzwanzig Uhr?«, fragte er.

»War ich hier zu Hause. Olga kann bezeugen.«

Olga, seine Frau oder Freundin, stand unbewegt in der Mitte des Raumes. Ihre Augen waren rot unterlaufen und ihr Gesicht kreidebleich.

Nichts deutete darauf hin, dass sie auch nur ein einziges Wort der Unterhaltung verstehen konnte.

»Gut, ich verstehe«, sagte Rubin. »Wenn Sie Anzeige erstatten möchten, können Sie das gerne tun.«

Er deutete auf den Schaden in der Wohnung. Der Russe

antwortete süffisant: »Alles in Ordnung, Herr Kommissar. Nix Anzeige, Olga räumt auf.«

Olga blickte verlegen zu Boden. Eine Strähne ihres blonden Haares rutschte ihr ins Gesicht. Sie war sehr jung und sehr schön.

12

»Ich danke dir, Bernstein«, sagte Rubin, als sie wieder draußen waren. Hassan wartete auf der anderen Straßenseite und rauchte.

»Keine Ursache, ich konnte doch nicht zulassen, dass der streitsüchtige Russe meinen alten Schulkameraden nach Kosakenart demoliert.«

»Er sah aus wie ein Veteran der Roten Armee.«

»Igor hat an vielen Fronten gekämpft.«

»Aber ich glaube, mit Serkans Tod hat er nichts zu tun. Ein gebrauchter Computer ist kein Grund für einen Racheakt, der tödlich endet.«

»Wenn du dich da mal nicht täuschst, mein Lieber. In der Welt, aus der Igor kommt, werden Menschen wegen weit geringerer Dinge und Anlässe ins ewige Sibirien geschickt.«

Rubin sah Bernstein lange an.

»Du scheinst dich in diesen Kreisen sehr gut auszukennen. Überhaupt, woher hattest du so schnell die Adresse von diesem Igor?«

Bernstein lachte. »Das, mein lieber Rubin, willst du gar nicht wissen.«

Sie traten zu Hassan. Freitag hatte etwas gewittert, er schnüffelte an Hassans Hosenbeinen, was diesem gar nicht gefiel.

»Freitag, aus!«, befahl Rubin.

Der Golden Retriever gehorchte und hielt widerwillig Abstand.

»Ich möchte nicht mehr über diese kleine Showeinlage sprechen, Hassan«, sagte Rubin. »Ich bin mir bewusst, dass dieser Tag für Sie eine Katastrophe ist. Aber eins muss ich wissen: Was war so schrecklich an den Streitigkeiten, die Serkan mit Igor und dem Hotelgast hatte?«

Hassans Miene wurde zu Stein, doch dahinter, das konnte Rubin deutlich erkennen, liefen seine Gedanken durcheinander.

»Igor hat meinen Bruder beleidigt. Das reicht. Beleidigung ist ein Angriff auf die Ehre.«

»Wie hat Serkan auf die Beleidigung reagiert?«

»Er hat reagiert wie ein Mann.«

»Oh, das interessiert mich jetzt aber sehr«, warf Bernstein ein. »Wie reagiert ein Mann in lebensentscheidenden Fällen wie diesen? Schlägt er sich mit den Fäusten auf die Brust und brüllt wie ein Pavian? Stimmt er Schlachtengesänge an?«

Hassan zuckte zusammen.

»Nur ruhig«, beschwichtigte Rubin, »kein Grund zum Ärger.«

»Serkan hat reagiert wie ein Mann: cool und ganz ruhig«, sagte er selbstgefällig.

»Und bei dem Hotelgast?«

»Genauso, natürlich.«

»Hat er nicht getobt, gestritten, geschrien? Hat er alles so hingenommen?«

Hassan steckte sich eine weitere Zigarette an und rieb sich die Lippe, er schüttelte langsam den Kopf und blickte zwischen Rubin und Bernstein hindurch herausfordernd ins Leere, Bernstein fixierte ihn, Freitag auch und spitzte die Ohren. Und Rubin? Er glaubte Hassan mittlerweile kein einziges Wort mehr.

Kurze Zeit später meldete sich Polizeiobermeister Schwarze am Telefon.

»Wollte Sie nur kurz auf dem Laufenden halten, Chef. Wir sind noch immer an den Befragungen dran.«

»Was haben Sie herausbekommen?«

»Na ja, nicht viel. Um genau zu sein, gar nichts. Keiner hat was bemerkt. Allerdings haben wir auch erst an die zwanzig Personen befragt. Ein paar am Marktplatz ansässige Geschäftsleute fehlen noch.«

»Zum Beispiel?«

»Der Metzger und Buchhändler Weimar.«

»Wie, Weimar heißt er? Das klingt ja richtig klassisch.«

»Ja, ja, Chef, also ich mach dann mit Jana Cerni weiter«, sagte Schwarze.

»Melden Sie sich wieder.«

Rubin steckte sein Handy in die Manteltasche und sagte mit einem Kopfschütteln: »Komisch, niemandem ist etwas Außergewöhnliches aufgefallen. Aber Schwarze hat noch nicht viele Menschen befragt. Kennst du Buchhändler Weimar?«

»Selbstverständlich kenne ich ihn. Und ihn kennen heißt ihn schätzen. Einen zweiten wie ihn findest du nicht in ganz Bad Löwenau. Ich bin sicher, er wird etwas wissen, etwas ahnen, mutmaßen oder schlussfolgern. Wenn du ihn aufsuchst, bestelle ihm einen herzlichen Gruß von mir.«

»Das werde ich tun.«

»Ach, und noch etwas, du könntest mir einen Gefallen tun. Ich habe ein Buch bei ihm bestellt, das müsste jetzt abholbereit sein. Ist auch schon bezahlt. Wäre schön, wenn du es mir mitbringen könntest. Oh, ich sehe gerade, ich muss mich sputen«, sagte Bernstein und starrte auf seine Uhr. »Ich habe einen Termin mit unserer Bürgermeisterin wegen der Baumaßnahmen an der Simultankirche, aber ich schätze, ich werde kurzfristig das Thema aktualisieren. Es ist allerhöchste Zeit. Ich muss mich noch umziehen.«

»Kannst du nicht gehen, wie du bist?«

»Unmöglich! Das war meine spezielle Dr.-Jekyll-and-Mr.-Hyde-meet-Fräulein-Freud-Garderobe. Für die Bürgermeisterin habe ich mir etwas ganz Besonderes ausgedacht – ich werde berichten!«

Rubin und Freitag machten sich auf den Weg zurück zum Marktplatz. Freitag war aufgeregt. Rubin fragte sich, was er an Hassan gewittert hatte. War es ein Duft aus dem Mini-Supermarkt?

Der Himmel über Bad Löwenau war jetzt eine endlose, dichte mausgraue Decke. Als er den Löwenbrunnen erreichte, stutzte Rubin. Es war niemand zu sehen, der Wasser schöpfte. Hatte die Nachricht von der Freigabe des Brunnens die Stadt noch nicht erreicht? Einige Touristen mit Stadtplan überquerten den Platz und reckten ihre Köpfe. Kinder rannten vorüber. Junge Mütter schoben Kinderwagen vor sich her und redeten mit ihren Babys wie mit Puppen.

Aber niemand steuerte den Brunnen an. Außer Freitag, der jedoch nicht, um Wasser zu schöpfen, sondern um welches zu lassen – und zwar direkt auf einen Haufen, den ein anderer Vierbeiner hinterlassen hatte.

Rubin rief den Golden Retriever zu sich und schimpfte ihn. Augenblicklich fühlte sich Freitag ertappt. Er legte den Kopf auf die Seite.

Als eben sein Handy geklingelt hatte, hatte Rubin nicht Schwarze erwartet, sondern die Gerichtsmedizin. Jetzt war er des Wartens müde. Er rief selbst an.

»Hauptkommissar Rubin, Polizei Bad Löwenau, ich möchte den verantwortlichen Arzt für die Blutuntersuchung von Serkan Arslan sprechen.«

»Das ist, glaube ich, Professor Dr. Schmittbauer«, antwortete ein junger Mann.

»Dann verbinden Sie mich bitte.«

»Bedaure, der Professor ist nicht da.«

»Ist er nicht im Haus?«

»Äh, nee, ich glaube, er ist außer Haus.«

»Kann ich ihn mobil erreichen?«

»Ja klar.«

»Und?«

»Und was?«

»Haben Sie die Nummer von Professor Schmittbauer?«

»Ich glaube, äh, nein … also, ich bin hier nur der Praktikant.«

»Wissen Sie wenigstens, wann der Professor zurückkommt?«

»Nee, keine Ahnung. Aber heute bestimmt nicht mehr.«

»Ich denke, Sie wissen es nicht.«

Am anderen Ende der Leitung wurde es sehr still.

»Ja, das ist richtig, es tut mir wirklich leid, Herr, äh, echt, ich kann Ihnen nicht weiterhelfen. Ich könnte höchstens den Dr. Will fragen, ob der was weiß, aber ich weiß nicht, wo der gerade ist, ich …«

»Schon gut«, sagte Rubin, »ich werde es später noch einmal versuchen.«

Die von unzähligen winzigen Deckenlichtern hell erleuchtete Lobby des Hotels am Marktplatz war voller Menschen, die in Sesseln Zeitung lasen, in kleinen Gruppen beisammenstanden oder mit besorgten Mienen vor ihren Hartschalenkoffern diskutierten. Die meisten waren kostspielig und konservativ gekleidet, in blassen, dezent gemusterten Farben, und befanden sich in deutlich vorgerücktem Alter. Es waren auch Geschäftsreisende darunter mit bunten Krawatten und Sportparkas über ihren Anzügen.

Vor der Rezeption hatte sich eine Schlange gebildet. Rubin hörte ein Gespräch von Kurgästen mit an, die wegen der aktuellen Ereignisse auf der Stelle abreisen wollten. Eine Dame sagte spitz:

»Ich bedaure es sehr, aber diese Stadt ist leider nicht mehr sicher für uns! Wer weiß, was hier noch alles passieren kann! Und das Heilwasser kann man ja jetzt auch, wie mir zu Ohren gekommen ist, nicht mehr guten Gewissens genießen, nachdem da der Tote dringelegen hat. Eine Katastrophe ist das! Mein Mann und ich, wir reisen auf der Stelle ab.«

Das Paar, das mit gepackten Koffern hinter ihr stand, hatte dieselbe Absicht und denselben düsteren Gesichtsausdruck. Rubin wartete geduldig, bis er an der Reihe war. Freitag verfolgte das Treiben im Hotel mit Neugierde. Er freundete sich kurzzeitig mit einer Dackel-Dame an, bis ihre Herrin dem Spiel jäh ein Ende machte.

Als Rubin an die Spitze der Warteschlange vorgerückt war, zückte er die Notiz mit dem Namen des Hotelgastes und zeigte seinen Polizeiausweis.

»Ist Dr. Sommerlauch zu sprechen?«

»Ich versuche es gern, Herr Kommissar«, sagte die junge Frau an der Rezeption und wählte auf dem Haustelefon eine Nummer.

»Herr Dr. Sommerlauch? Die Polizei möchte Sie sprechen. Worum es geht? Das weiß ich auch nicht, ich habe nur den Auftrag … Er hat aufgelegt.«

»Können Sie mir die Zimmernummer nennen?«

»308, Herr Kommissar«, antwortete sie voller Ehrfurcht.

»Sagen Sie, könnte ich für einen Moment meinen Hund bei Ihnen lassen? Er beißt auch nicht.«

»Gerne, ich werde mich um ihn kümmern«, sagte sie und nahm Freitag zu sich. »Sei schön brav und mach nicht wieder Pipi«, sagte Rubin und schwenkte den Zeigefinger vor Freitags Schnauze. Die junge Frau an der Rezeption lächelte säuerlich, und Freitag wedelte unschuldig mit dem Schwanz.

Rubin nahm den Fahrstuhl und klopfte an die Zimmertür 308.

»Einen Moment«, hörte er jemanden von innen rufen, kurz darauf Flüstern zwischen einer männlichen und einer weiblichen Stimme.

Nach einer Weile riss ein hagerer Mann in weißem T-Shirt und Jeans die Türe auf.

»Mein Name ist …«, hob Rubin an, wurde aber lautstark von seinem Gegenüber unterbrochen.

»Die Polizei, so, so! Ich habe keine Ahnung, was Sie von mir wollen, und ich empfinde Ihren Besuch als impertinent! Eine Unverschämtheit ist das!«

Dr. Sommerlauch trat auf den Flur, die Zimmertür hinter ihm war nur einen winzigen Spalt geöffnet.

»Wollen wir unsere Unterhaltung nicht besser in Ihrem Zimmer führen?«, fragte Rubin.

Der Mann verzog wütend das Gesicht. »Nein, und ich werde überhaupt keine Unterhaltung mit Ihnen führen. Ich wüsste nämlich gar nicht, worüber. Und ich sage Ihnen noch etwas: Unbescholtene Bürger zu verdächtigen, das ist das Letzte, das ich von unserer Polizei erwartet hätte.«

»Ich habe nur ein paar Fragen«, sagte Rubin.

Der Mann atmete gehetzt, er hatte stechend helle Augen und einen bitteren Zug um die Mundwinkel. Er mochte um die fünfzig Jahre alt sein und bewegte sich hektisch und in abgehackten Bewegungen.

»Also, fragen Sie schon«, presste er hervor.

»Darf ich zuvor eintreten?«

»Nein, dürfen Sie nicht. Ich muss Sie nicht hereinlassen. Stellen Sie Ihre Fragen.«

Er wippte nervös mit einem Fuß, seine Augen waren nur noch schmale Schlitze.

»Also gut, wie Sie wünschen. Hatten Sie gestern einen Streit mit Serkan Arslan, dem …«

»Nein, hatte ich nicht!«

»Aber Sie waren im Mini-Supermarkt.«

»Ja, das stimmt. Leider.«

»Was wollten Sie dort?«

»Ich hatte drei Tage zuvor mein Smartphone zur Reparatur gegeben und wollte es abholen. Ich zeige Ihnen, in welchem Zustand es mir zurückgegeben wurde!«

Dr. Sommerlauch sprang mit einem Satz ins Zimmer und kehrte mit einem Telefon in der Hand zurück.

»Da, sehen Sie sich das an! Kratzer über Kratzer, als hätten diese Kümmeltürken damit Billard gespielt. Ich habe mich beschwert. Das war mein gutes Recht!«

»Stammen alle Kratzer von Serkan Arslan?«

Dr. Sommerlauchs Augen glühten. »Ich kenne doch mein Smartphone!«

»Haben Sie für die Reparatur bezahlt?«

»Ha, das war ja noch das Größte! Dieser Wicht hat doch tatsächlich die Unverfrorenheit besessen, die volle Reparatursumme von mir zu verlangen.«

»Funktioniert Ihr Telefon wieder?«

»Ja, das schon, aber diese Beschädigungen sind nicht hinnehmbar.«

»Sie haben also gar nichts bezahlt, vermute ich.«

»Natürlich nicht!«

»Darüber sind Sie in Streit geraten.«

»Der Junge hat versucht zu diskutieren. Er wollte mich belehren, was seine Rechte als Verkäufer seien, und hat mir die genaue Gesetzeslage erläutern wollen. Mir, das muss man sich mal vorstellen! Ich bin Jurist mit eigener Kanzlei! Ich habe mich selbstverständlich zur Wehr gesetzt. Das Ganze war allerdings weit unter meiner Würde. Dieser Scheißladen! Ich hätte mich nie auf das Niveau dieses Gemischtwarenhändlers begeben sollen.«

Er ballte erbittert die Faust und starrte Rubin hasserfüllt an. Dieser fragte mit vollkommener Ruhe:

»Hat Serkan sich beim Diskutieren aufgeregt, oder ist er ruhig geblieben?«

Dr. Sommerlauch dachte nach. Rubin hörte im Zimmer die Toilettenspülung und kurz darauf den Wasserhahn. Der Mann errötete und sprach jetzt deutlich gedämpfter:

»Der junge Mann, Serkan, hat sich aufgeregt und ist fast aus der Haut gefahren. Dann fing er an zu husten und schwankte. Er musste sich setzen. Schweiß stand auf seiner Stirn. Es ging ihm nicht gut. Ich wusste nicht, was ich tun sollte. Einerseits war ich ja auch aufgebracht. Zu Recht, wie ich meine. Andererseits hatte der junge Mann irgendetwas.«

»Haben Sie Hilfe gerufen?«

»So schlimm war es auch wieder nicht. Außerdem ist der andere gekommen und hat getobt und geflucht.«

»Ich verstehe«, sagte Rubin.

Im Zimmer ging eine Tür auf, und Rubin hörte, wie jemand barfuß über den Teppichboden lief.

Dr. Sommerlauch drehte sich kurz ins Zimmer um, dann sagte er: »Der andere wollte gar nicht aufhören zu schreien. Ich hatte Angst, er würde gewalttätig werden. Da habe ich mir mein Smartphone genommen und bin gegangen.«

»Der andere, Hassan, hat er sich um den jungen Mann gekümmert? Oder hat er nur gebrüllt?«

»Er hat nur gebrüllt.«

»Ich danke Ihnen, Herr Sommerlauch«, sagte Rubin schließlich und fügte mit einem Grinsen hinzu: »Und weiterhin einen angenehmen Aufenthalt in unserer schönen Stadt.«

13

Buchhändler Weimar balancierte in schwindelnder Höhe auf dem Standpodest einer Holztrittleiter vor einem riesigen Bücherregal, das bis weit unter das dunkle Kellergewölbe reichte. Das Kellergewölbe, das seine Buchhandlung beherbergte.

Der massige Mann mit dem weißen wallenden Haarkranz hatte ein Buch unter die Achseln geklemmt, ein weiteres presste er fest zwischen seine Knie.

»Gleich habe ich Ihren Band gefunden, Frau Hansen«, rief er mit weichem Zungenschlag. »Ich weiß genau, wo er steckt: neben dem guten Cervantes und unserem Konsalik; nur noch ein winzigstes Sekündchen.«

Frau Hansen verfolgte aus sicherer Entfernung fasziniert den buchhändlerischen Balanceakt.

»Ja, da ist es: ›Die Geschichte der großen Giftmörder‹!«, rief Weimar.

»Ich danke Ihnen tausendmal. Ich habe überall nach dem Buch gesucht. Es ist ein Wunder, wie Sie sich auskennen«, sagte Frau Hansen.

Weimar kletterte von der Leiter, wischte sich die Stirn mit einem Stofftaschentuch und überreichte der Kundin einen in Leder gebundenen Folianten.

»Ei, dafür bin ich doch da! Wenn Sie bitte bei meiner Frau bezahlen würden.«

Frau Hansen durchquerte den Felsenkeller bis zur Kasse, vorbei an Tischen mit bunten Stapeln von Büchern ohne erkennbare Ordnung oder Verkaufssystem; vorbei an Regalen mit Romanen, Novellen, Abhandlungen, Chroniken, Stundenbüchern, Geschichtswerken. Es waren sowohl alte als auch neue Bücher darunter, gebunden und als Taschenbuch, Broschüren und Kladden, Hörbücher, Kassetten, sogar alte Schellackplatten mit Originalaufnahmen von James Joyce und Mario Lanza waren zu finden, wenn auch nicht auf Anhieb.

Frau Hansen zahlte bei der jungen Frau, steckte das Buch in ihre Tasche und sagte zum Abschied: »Herzlichen Dank, Christiane, danke, Herr Weimar! Bis zum nächsten Mal.«

Auf der Schwelle der Eingangstür wäre sie beinahe mit Rubin und Freitag zusammengestoßen. Der Golden Retriever fiepte kurz und wandte ihr erstaunt die Schnauze zu.

Weimar bahnte sich mit traumwandlerischer Sicherheit seinen Weg durch die Bücherstapel, bis er dicht vor Rubin zum Stehen kam.

Rubin stellte sich vor und sagte:

»Ganz herzliche Grüße soll ich Ihnen von Carl Bernstein bestellen.«

Weimars Augen blitzten auf. »Ei, Sie sind mit der flinken Feder von Bad Löwenau bekannt?«

»Wir sind gemeinsam zur Schule gegangen«, sagte Rubin.

»Ei, ei, ei, das wird ja immer besser, der neue Hauptkommissar ist ein eingeborenes Kind der Stadt!«

Rubin nickte, während Weimar seinen Hemdkragen zurechtrückte.

»Nun denn, junger Freund«, hob er an, »ich denke, dass Sie nicht aus rein literarischen Gründen den Weg zu mir auf sich genommen haben oder um einem alten Mann die Ehre eines Antrittsbesuchs zuteilwerden zu lassen. Sie sind des toten Serkans wegen hier.«

»So ist es.«

»Die Spatzen pfeifen es von den Dächern«, sprach er, begleitet von einer großen Geste, »Serkan ist tot. Die Welt hat eine Hoffnung weniger!«

»Ich habe gehört, er soll sehr belesen gewesen sein. Wie gut kannten Sie ihn, Herr Weimar?«

»Junger Freund, unser Serkan hat Bücher geliebt, er hat alles verschlungen, was er in die Finger kriegen konnte: sowohl Literatur als auch Kunstbücher. Wie heißt es so schön? Man weicht der Welt nicht sicherer aus als durch die Kunst, und man verknüpft sich nie sicherer mit ihr als durch die Kunst. Wir kannten einander wirklich gut und haben stundenlang nach Ladenschluss Gespräche geführt.«

»Worüber?«

»Serkan interessierte sich sehr für die Vergangenheit. Ich besorgte ihm alle Erzählungen von ›Tausendundeiner Nacht‹. Er wollte seine orientalische Tradition kennenlernen. Sindbad, der Seefahrer, Aladin und die Wunderlampe, Ali Baba und die vierzig Räuber. Auch den ›West-östlichen Divan‹. Das hat ihm überaus gefallen. Er war überdies sehr an bildender Kunst interessiert.«

»Hatte er Lieblingsmaler?«

»Chagall, das war sein Liebling, aus Gründen freilich, die sich mir entziehen. Denn ich empfinde seine Gemälde als zu bedeutungsschwer, aber da hat jeder sein eigenes Maß. Schließlich sieht jeder nur das, was er kennt – oder was er sehen will. Serkan hat auch selbst gemalt.«

»Haben Sie Bilder von ihm gesehen?«

Weimar verzog das Gesicht. »Serkan malte ausschließlich abstrakt, keine Formen, keine Figuren, keine Symbole. Mir gefiel es nicht, ihm umso mehr. Wir haben heftig über Sinn und Unsinn der abstrakten Kunst gestritten. Serkan war der Auffassung, der wahre künstlerische Akt sei ein Akt der Befreiung. Frei von Vorgaben und frei von Sinn. Man kann alles machen, auch wenn es nur Schmierereien sind. Ich sehe das freilich anders, Kunst ist für mich nach wie vor die Vereinigung von Können, Individualität und Vision!«

»Wenn Sie mit Serkan stritten, wie sah so ein Streit aus?«

»Ha, lautstark und hitzig bis zur Erschöpfung. Ein Zustand, der bei ihm leider die Regel war.«

»War Serkan ein Querkopf oder ein Revoluzzer?«

Weimar brach in ein herzliches Lachen aus, das vielfach verstärkt durch das Kellergewölbe hallte.

»Ei, wo ist der Unterschied, junger Freund? In jedem Fall war Serkan besonders, und der Umgang mit ihm war alles andere als einfach. Aber gerade das hat mich für ihn eingenommen. Es ist allemal besser, die Unbequemen zu ertragen, als die Unbedeutenden zu dulden.«

Rubin kam aus dem Staunen über Serkan nicht heraus. Immer

wieder erfuhr sein Bild neue Ergänzungen. War Serkan ein Wunderkind gewesen, das in Musik, Literatur und Kunst bewandert war? Oder war Serkan nur ein leidenschaftlicher Dilettant, der alles ein bisschen und nichts richtig gemacht hatte?

Und in welchem Verhältnis standen seine künstlerischen Ambitionen zu seinem Tod? Hatten sie überhaupt etwas damit zu tun?

»Was hat Serkan außer ›Tausendundeine Nacht‹ noch gelesen?«, fragte Rubin nach einer Weile.

»Er las gerne die Abenteuer von Tom Sawyer und Huck Finn. Er träumte davon, auf dem Mississippi zu reisen. Er hatte, so schien es mir bisweilen, Sehnsucht nach einem anderen Leben. Dann allerdings, vor einem halben Jahr, änderten sich von heute auf morgen seine Vorlieben: Er kaufte nur noch Gedichte.«

»Stefan George etwa?«

Weimar runzelte die Stirn. »Woher wissen Sie das?«

»Der Hinweis einer zufriedenen Deutschlehrerin.«

Weimar rieb sich genüsslich über die Wange.

»Serkan sagte einmal, der Dichter kannte sein Herz besser, als er selbst es kennt. Aber er mochte nicht nur ihn, er wollte überhaupt nur noch Liebeslyrik lesen – himmelhoch jauchzend, zum Tode betrübt!«

Weimar griff gezielt in ein Regal und zog ein Buch mit einem geblümten Einband hervor.

»Das war sein Lieblingsbuch. Er hat mein vorletztes Exemplar gekauft: ›Die schönsten Liebesgedichte‹.«

Er reichte Rubin den Band, der sich leicht in seinen Händen anfühlte; den Seiten entströmte ein Duftgemisch von süßem Parfum und Staub.

»Wenn Sie gestatten, Herr Rubin, das war Serkans Lieblingsgedicht. Es stammt von Stefan George:

Du schlank und rein wie eine flamme
Du wie der morgen zart und licht
Du blühend reis vom edlen stamme
Du wie ein quell geheim und schlicht

Du bist mein wunsch und mein gedanke
Ich atme dich mit jeder luft
Ich schlürfe dich mit jedem tranke
Ich küsse dich mit jedem duft.«

»Hm«, sagte Rubin.

»Das sind die Worte eines Dichters, der in seinem Leben ein verdrehter Spinner war, der es jedoch verstanden hat, aus seinem Eigensinn eine Kunst zu machen: Das nenne ich Stil!«

Rubin legte die Stirn in Falten. »Ich danke Ihnen, Herr Weimar.«

»Bitte sehr, junger Freund, wenn ich sonst noch etwas für Sie tun kann.«

Rubin fiel zuerst nichts ein, dann erinnerte er sich an Bernsteins Buch.

»Ei natürlich«, rief Weimar begeistert, »das Buch ist schon geliefert worden. Einen Moment, ich hole es. Wenn Sie so freundlich wären, es Carl zu geben, würden Sie ihm und mir eine große Freude machen.«

Weimar verschwand im Labyrinth seines Kellergewölbes und kehrte mit einem breiten Strahlen auf dem Gesicht zurück. Als Rubin den Titel las, konnte auch er ein Grinsen nicht unterdrücken.

»Das Leben ist zu wichtig, um ernst genommen zu werden« von Tom Smart.

14

Für Bürgermeisterin Franziska von Roth, die »Fürstin von Bad Löwenau«, hatte Bernstein eine ganz besondere Garderobe gewählt. Er wollte durch Schlichtheit punkten und war in die typische Kluft eines investigativen Reporters im Hollywood-Stil der siebziger Jahre geschlüpft: schwarz-weiß kariertes Hemd mit locker sitzender beigefarbener Cordkrawatte, den obersten Kragenknopf keck geöffnet; verwaschene Bluejeans, ein braunes Cordsakko mit Ellbogenpatches sowie Wildlederschuhe und Trenchcoat.

So schwang sich Bernstein, bewaffnet mit Notizbuch, Füllfederhalter, Mikrofon und Rekorder, in das Vorzimmer der Bürgermeisterin im dritten Stock des Rathauses, hoch erhoben über den Dächern von Bad Löwenau.

Die Büroassistentin begrüßte ihn freudestrahlend. »Hallo, Carl!«

»Hallo, Judith. Dreimal gütiger Himmel, du siehst von Mal zu Mal blendender aus, mein Schatz. Wir sollten uns häufiger treffen, dann liegt dir binnen Kurzem die gesamte Stadt zu Füßen.«

»Alter Charmeur, auf den Arm nehmen kann ich mich selbst.«

»Irrtum, das kann ich weit besser, mein Engelchen.«

Bernstein und Büroassistentin Judith Silberpfennig waren gemeinsam zur Schule gegangen. Sie waren sogar kurzzeitig einmal ein Paar gewesen. In der elften Klasse; Judith mit Zahnspange und Bernstein mit miserablen Noten. Sie hatte ihn abschreiben lassen und ihm so die Versetzung ermöglicht. Die große Liebe hatten sie einander nie geschworen. Trotzdem oder gerade deswegen hatten sie eine gute Zeit miteinander verbracht.

Judith trug ein elegantes Kostüm, ihr Haar war blondiert, und sie war unauffällig, jedoch äußerst vorteilhaft geschminkt.

»Kann ich rein zu ihr?«, fragte Bernstein und deutete auf eine dunkle Eichentür.

»Moment noch. Die Chefin telefoniert. Nimm doch kurz Platz.«

Bernstein schritt an zwei Stühlen vorbei zum Fenster. Er schaute hinab auf den Marktplatz. Vom dritten Stock sah der Löwenbrunnen wie eine Abbildung auf einem Kalenderblatt aus.

»Die ganze Stadt spricht von nichts anderem als von dem Mord«, sagte Judith.

»Wenn es ein Mord war.«

»Was sollte es sonst gewesen sein, ein Unfall etwa?«

»Keine Ahnung. Ein schlechter Scherz vielleicht, über den sich der Falsche totgelacht hat. Kanntest du Serkan persönlich?«

»Ich gehe im Mini-Supermarkt einkaufen. Nicht oft, aber regelmäßig. Es gibt da ein paar tolle Sachen.«

»Halva zum Beispiel.«

»Genau. Allerdings muss ich sagen: Hassan ist schon sehr speziell.«

»Wie wirkte Serkan auf dich?«

»Als Kundin oder als Frau?«

»Als Frau, die genau weiß, was sie will.«

»Hm, schwer zu sagen, denn er war natürlich viel zu jung für mich. Trotzdem eine interessante Erscheinung, gepflegt, schüchtern, verträumt. Irgendwie auch seltsam.«

»Wie das?«

Judith zuckte zusammen. »Was wird das hier eigentlich, Carl? Ein Verhör?«

»Nein, Judith, ein Interview. Beruhige dich.«

»Ich will aber morgen meinen Namen nicht in der Zeitung lesen müssen.«

»Versprochen.«

Sie lächelte herausfordernd und verlegen zugleich. »Also, ich will es mal so sagen: Serkan war als Mann nicht besonders attraktiv. Da sieht Hassan schon viel besser aus. Trotzdem hatte Serkan etwas. So das gewisse Etwas, das Frauen anzieht. Er hatte tolle Augen, war sensibel, ging auf deine Wünsche ein. Das mögen wir Frauen.«

»Tatsächlich? Ich dachte immer, ihr Frauen steht auf Raubtierbändiger!«

In diesem Moment erklang ein Summton, und ein rotes Lichtchen ging über der Eichentür an.

»Das ist das Zeichen, Carl. Die Chefin ist bereit, dich zu empfangen.«

»Wohlan«, sagte Bernstein, »Manege frei!«

Franziska von Roth erhob sich von ihrem Schreibtischstuhl und trat Bernstein mit einem Lächeln, das vollkommen unverfälscht wirkte, entgegen. Sie trug ein schwarzes Kostüm und eine Perlenkette. An ihren Ohren glänzte Goldschmuck. Sie war die Eleganz in Person und hätte in Bayreuth ebenso wie in Cannes eine gute Figur gemacht.

Ihr Alter hatte Bernstein nie erfahren, obwohl er bereits viele Stunden der Recherche investiert hatte – die Fürstin hütete das Geheimnis ihres Alters ebenso gut wie das Geheimnis ihrer Herkunft. Sie stamme von einem Hofgut aus Pommern, hieß es. Andere Quellen behaupteten, sie stamme aus Mecklenburg, aus verarmtem Landadel. Wo die Wahrheit lag? Vielleicht noch nicht einmal in der Mitte.

Offiziell gab von Roth als Geburtsort Berlin an und als Alter sechsundfünfzig. Wer allerdings die Möglichkeit hatte, einmal aus der Nähe in ihr tadellos geschminktes Gesicht zu blicken, mit ihren Altersflecken, ihren Falten in den Mundwinkeln und den Krähenfüßen, der konnte die offizielle Wahrheit glauben oder auch nicht.

Klar war nur eins: Sie sah blendend aus mit ihren meergrünen Augen und den geschwungenen Lippen. Sie wusste ihre Reize gezielt zum Einsatz zu bringen und kannte alle Kniffe der diplomatischen Kriegsführung.

»Entschuldigen Sie, Carl, dass ich Sie warten ließ. Ich habe mit dem Ministerpräsidenten telefoniert«, sagte sie mit der Beiläufigkeit, mit der andere von den Erlebnissen während ihrer Mittagspause erzählen.

»Kein Problem, ich habe einstweilen meine Kenntnisse in weiblicher Intuition vertieft«, sagte Bernstein.

»Bitte sehr, Carl.« Sie wies ihm einen Platz an der Besucherseite ihres schweren Holzschreibtisches zu. Bernstein sank in einen weichen, gepolsterten Stuhl mit bequemen Armlehnen. Von Roth hatte einen einfachen Stuhl, keinen Sessel, noch nicht einmal ein Sitzkissen.

Seit seinem ersten Interview vor vielen Jahren hatte er nach dem Grund dafür gesucht. Er wusste, sie tat nichts ohne Berechnung. Erst kürzlich hatte er in einem wissenschaftlichen Artikel die Antwort gefunden: Statistiken belegten, dass Menschen in bequemen Sesseln weicher und nachgiebiger verhandelten als Menschen auf harten Stühlen, ganz gleich in welcher Sache.

Bernstein platzierte sich auf seinem Stuhl so unbequem wie möglich und baute sein Mikrofon auf.

»Sie gestatten doch, Frau Bürgermeisterin.«

Sie warf ihm ein überlegenes Lächeln zu, dämpfte ihre Stimme und beugte sich zu ihm. »Carl, kommen wir gleich zur Sache. Wir wollten ursprünglich über die Modernisierungsmaßnahmen der Simultankirche sprechen, aber ich denke, die Ereignisse dieses Tages fordern uns im Augenblick mehr.«

»Ich bin dabei: Lassen Sie uns das Thema wechseln.«

»Ein Mord, in unserer Stadt, Carl. Das hat es noch nie gegeben.«

»Stimmt nicht, vor Jahren hatten wir die Brandstiftung mit Todesfolge in den Farbenwerken.«

»Das war etwas anderes. Das wissen Sie. Das hier, das ist ein Skandal, eine Katastrophe. Bitte missverstehen Sie mich nicht, mein Mitempfinden ist ganz bei den Angehörigen, die jetzt schwierige Zeiten durchstehen müssen. Vielleicht die schlimmsten in ihrem Leben. Ich verspreche, wir werden schnellstmöglich und völlig unbürokratisch alles in unserer Macht Stehende veranlassen, um ihnen den Schmerz des Verlustes zu erleichtern.«

»Darf ich das wörtlich zitieren, Frau Bürgermeisterin?«

»Wie? Ja natürlich, gerne. Dennoch: Bei aller Trauer und Betroffenheit: Wir müssen auch an das Wohl von Bad Löwenau denken!«

Franziska von Roth erhob sich würdevoll von ihrem Stuhl und trat ans Fenster, blickte kurz hinaus, dann drehte sie sich mit einer großzügigen Geste Bernstein zu. Im Gegenlicht wirkte sie jünger als eben noch am Tisch.

»Eine Kurstadt wie unsere lebt von ihrem guten Ruf. Dieser gute Ruf ist die Währung, in der wir unsere Rechnungen begleichen. Von diesem Ruf leben wir alle, nicht nur die Klinik, die Sommerfestspiele, die Hotels und die Restaurants, wir alle, auch Sie, Carl, verdanken Ihre Freiheit dem Wohlstand unserer Stadt, und dieser fußt nicht zuletzt auf dem Heilwasser unseres Löwenbrunnens. Aber das Glück unserer Quelle, das erleben wir in diesen Stunden, ist zerbrechlich, vielleicht auch vergänglich wie unsere menschliche Natur. Sie wissen so gut wie ich, Carl, wir beherbergen jährlich ein Vielfaches der eigenen Bevölkerung als Kurgäste und Touristen. Die Menschen kommen wegen des Heilwassers zu uns. Dann finden Sie heraus, dass unsere Stadt noch weit mehr zu bieten hat. Sie fühlen sich wohl bei uns, nutzen unsere Angebote. Sie vertrauen uns. Und wir schenken ihnen unsere Gastfreundschaft. Sie kommen in unsere Stadt, weil sie von ihren Krankheiten genesen, weil sie ausspannen und sich erholen wollen. Sie wollen einmal wieder richtig tief durchatmen. Sie fühlen sich sicher bei uns. Wir tragen Verantwortung für sie.«

Von Roth war bei den letzten Worten immer näher an Bernstein herangetreten. Jetzt stand sie dicht neben ihm, schob einen Stapel Papiere auf dem Schreibtisch zur Seite und schwang sich landungssicher auf die Tischkante. Sie schlug die Beine übereinander und zeigte ein sanft verführerisches Lächeln.

»An diesen Dingen ist uns doch allen gelegen, Carl. Der gute Ruf der Stadt, das Ansehen, das wir genießen, das Vertrauen der Gäste in uns. Wir alle tragen Verantwortung für unser Gemeinwesen und arbeiten an ein und derselben Sache.«

»Welche Aufgabe haben Sie dabei dem edlen Ritter Bernstein zugedacht, Frau Bürgermeisterin?«

Von Roth sprang vom Tisch und stolzierte in Bernsteins Rücken.

»Sie werden den Mord vermutlich morgen in Ihrer Kolumne besprechen.«

»Es könnte darauf hinauslaufen, sofern nicht noch in den nächsten Minuten ein Stadtrat auf dem überfüllten Marktplatz aus Liebeskummer Amok läuft.«

»Sie haben eine blumige Phantasie, Carl, dafür lieben Ihre Leser Sie. Sie tun Ihre Arbeit, ich tue meine, ich will und kann Ihnen nicht reinreden. Aber ich möchte einen Appell an Sie richten.«

Von Roth stand nun wieder hinter ihrem Schreibtisch und öffnete ihre Arme.

»Vergessen Sie Ihre Verantwortung gegenüber Bad Löwenau nicht!«

»Ich denke den ganzen Tag an nichts anderes.«

»Das glaube ich kaum. Haben Sie schon Ihre Kolumne von heute Morgen vergessen?«

»Seien Sie ehrlich, die war harmlos.«

»Ich darf Ihnen Ihre eigenen Worte in Erinnerung rufen.«

Die Bürgermeisterin zog die aktuelle Ausgabe des Bad Löwenauer Anzeigers aus einem Stapel Papiere und schlug Seite vier auf, auf der täglich Bernsteins Kolumne erschien. Sie pflanzte eine Lesebrille auf die Nasenspitze und las:

»Was gab es gestern Neues? Nicht viel, will ich behaupten! Stadtrat Peter Röder gab im Rahmen der Stadtverordnetenversammlung eine Stellungnahme zu den aktuellen Streitigkeiten im Bauausschuss ab. Das interessierte außer ihn selbst allerdings kaum jemanden. Umso aufregender war das Drama, das sich zur selben Zeit am Marktplatz abspielte: Eine schwarz-weiße Katze hatte sich vor den gefletschten Zähnen eines hungrigen Rottweilers in die Krone unseres Ahornbaums gerettet. Das schleimtriefende Schoßhündchen eines gelangweilten Kurgastes hatte eine sehr spezielle Vorstellung von einem Mittagsmahl, welche die Katze offensichtlich nicht teilte. Rund dreißig Schaulustige verfolgten gebannt das Drama im Baum, das zu guter Letzt zugunsten der Katze endete.

Dreißig Zuschauer, das waren mehr als dreimal so viele Menschen, wie Stadtrat Röder gewinnen konnte – Tochter, Frau und Schwiegermutter inklusive.«

»Gut geschrieben«, sagte Bernstein, »vielleicht ein bis zwei Adjektive zu viel.«

»Ihre Darstellung der engagierten Arbeit unseres Stadtrates ist vollkommen inakzeptabel. Ich habe diesbezüglich schon mit Ihrem Verleger gesprochen.«

»Und was sagt Herr Sulzbach?«

»Er ist ganz meiner Meinung.«

»Kunststück, das ist er immer.«

Von Roths Miene verfinsterte sich, sie sprach jetzt scharf und durchdringend. »Carl, passen Sie auf! In dieser Mordangelegenheit dürfen Sie sich keine Extravaganzen erlauben. Das hier ist kein Spaß. Und vor allem: keine übereilten Spekulationen! Ein Türke – ermordet in Bad Löwenau! Ich will mir gar nicht ausmalen, was Ihre Phantasie aus diesen Zusammenhängen machen könnte. Jede Verbindung mit Rassismus oder Fremdenfeindlichkeit wäre ein Stich in das Herz von Bad Löwenau.«

»Wie kommen Sie darauf, dass ich einen rassistischen Hintergrund annehmen könnte?«

Von Roth musterte Bernstein verächtlich von oben bis unten. »Ich sage nur dies: Wir wissen beide, der Mini-Supermarkt ist in Bad Löwenau nicht unumstritten. Es gibt viele, die den Laden lieber heute als morgen geschlossen sehen würden. Und jetzt ist einer der beiden Geschäftsführer tot. Tot im Heilwasser des Löwenbrunnens. Deshalb appelliere ich an Sie: Schreiben Sie besser nichts in dieser Richtung. In unser aller Wohl.«

»Ich kenne doch gar nicht den Stand der polizeilichen Ermittlung.«

Von Roth stieß einen hämischen Laut aus. »Dass ich nicht lache! Sie sind doch dauernd mit unserem neuen Kommissar unterwegs. Keine Ahnung, was Sie da gemeinsam aushecken!«

Bernstein schoss von seinem Stuhl in die Höhe, rückte seine Krawatte zurecht und schaltete das Mikrofon aus.

»Rubin tut das, was er tun muss, Frau Bürgermeisterin. Er arbeitet an der Aufklärung des Falles. Er sucht die Wahrheit. Und die – mit Verlaub – suche ich auch! Guten Tag!«

15

Allmählich senkte sich die Dämmerung über die Stadt. Das helle Grau der Wolkendecke verwandelte sich in ein dunkles Grau, schließlich in ein schmutziges Schwarz, das von den Lichtern der Stadt blass angestrahlt wurde.

Nicht weit von der Buchhandlung Weimar entfernt befand sich der Bad Löwenauer Stadtpark. Seine Größe war kaum der Rede wert. Wenn man schlenderte, hatte man ihn in weniger als fünf Minuten auf einem Kiesweg durchquert, der von Platanen gesäumt war.

Es gab zwei Arten von Parkbänken: Die einen waren von der Volksbank gesponsert, die anderen vom Obstbauverein.

Es gab eine Statue in der Mitte des Parks: Sie stellte den Bürgermeister Karl von Otto in heroischer Pose mit stahlhartem Blick dar. Er war Amtsinhaber gewesen, als Rubin noch in Bad Löwenau lebte, und er konnte sich gut an den knorrigen Mann erinnern.

Es gab auch ein offizielles Hundeklo, eine Art Sandkasten mit Palisadeneinfassung.

Rubin wartete unter dem Schein einer Laterne, bis Freitag sein Geschäft erledigt hatte. Der Golden Retriever guckte unglücklich. Seine Laune stieg jedoch augenblicklich, als er eine ebenso schlanke wie stolze Magyar-Vizsla-Hündin witterte.

Ihr Frauchen wünschte Rubin einen guten Abend und startete ohne Vorwarnung ein typisches Hundebesitzergespräch, während Freitag und die Hündin einander beschnupperten.

»Jetzt muss ich aber wirklich weiter. Guten Abend. Dora, komm. Dora! *Dora!* Komm zu Frauchen! So ist's brav.«

Mit der Dämmerung hatte sich ein feiner Nebel auf die Stadt gesenkt. Trotz der Feuchtigkeit, die Rubin wie ein nasser Mantel einhüllte, ließ er sich auf einer Bank nieder, eine von den Obstbauvereinsbänken. Er schlug die Beine übereinander und den Kragen hoch bis unter die Ohren.

Rubin kam ins Nachdenken. Er hatte nicht ungern in der Großen Stadt gelebt, hatte sich mit seiner Frau standesgemäß eingerichtet und alles Wesentliche besessen, was er brauchte. Dennoch hatte es immer wieder Momente gegeben, da sein Herz etwas anderes sagte als sein Verstand. Er spürte, dass es etwas, das ihm wichtig war, in der Großen Stadt für ihn nicht gab, ja, niemals geben konnte. Lange Zeit war ihm das nicht klar gewesen. Und er hatte auch keine Ahnung gehabt, um was es sich handeln könnte, schließlich hatte er nie einen bestimmten Mangel empfunden, es war eher eine Art von vagem Unbehagen gewesen, das ihn in manchen Momenten befallen hatte, vergleichbar einem leichten Hungergefühl nach einer eigentlich ausreichenden Mahlzeit.

Kaum saß er so da, da vernahm er aus seiner Manteltasche das Signal für eine eingegangene SMS.

Lieber Rubin, Bad Löwenau brennt, Fürstin tobt. Ansonsten nichts Neues. Besuche jetzt Iris Adler, später zu Ricardo. Kommst du? Habe einiges zu berichten. Acht Uhr wäre goldige Zeit. Ciao, Bernstein

Rubin verstaute sein Handy wieder in der Manteltasche und kramte das Buch hervor, das Weimar ihm für Bernstein mitgegeben hatte: »Das Leben ist zu wichtig, um ernst genommen zu werden« von Tom Smart. Er blätterte darin. Im fahlen Schein der Laternen wirkten die Seiten wie aus Pergament, wie aus einem uralten Stundenbuch, dabei war es erst vor fünf Jahren erschienen. Das schmale Büchlein bestand aus einer Ansammlung von kurzen Gedanken und Beobachtungen zu unterschiedlichen Themen.

Rubin las:

Wir alle erhalten gerne Komplimente und freuen uns über Zuspruch. Wir ärgern uns ebenso sehr über Tadel und Kritik. Dabei dürfen wir eines niemals übersehen: Es kommt stets darauf an, wer es ist, der zu uns spricht. Es gibt Menschen, von denen ein Kompliment zu bekommen ist die schlimmste aller Beleidigungen.

Rubin schlug das Buch wieder zu.

Er würde heute Abend zu Ricardo gehen. Er war neugierig, was Bernstein erfahren hatte, und da war noch etwas: Er begann sich wieder in Bernsteins Gesellschaft wohlzufühlen, so wie früher, als sie unzertrennlich gewesen waren.

Rubin griff zum Telefon und rief seine Frau an. Er schilderte ihr seinen Tag, den neuen Fall, die vertrackte Ermittlung. Die Episode mit dem präparierten Stuhl ließ er aus, damit sie sich keine unnötigen Sorgen machte.

»Hattest du nicht gesagt, es würde in deiner Heimatstadt weniger turbulent zugehen?«, sagte seine Frau.

»Ja, das hatte ich auch einmal gedacht.«

Sie hatten eine Wohnung fußläufig vom Marktplatz entfernt gemietet. Sie betrachteten die Dreizimmerwohnung beide als Provisorium, bis sie ein geeignetes Haus am Stadtrand finden würden.

»Wann kommst du nach Hause, Christoph?«

»Es wird spät werden. Du brauchst nicht mit dem Essen auf mich zu warten. Kommst du alleine zurecht in der neuen Wohnung?«

»Ja, ja, keine Sorge. Ich werde unserer Nachbarin einen Besuch abstatten. Sie sagte heute Morgen, sie hätte Gäste, und wenn ich Zeit hätte, könnte ich auch kommen. Und Zeit habe ich ja jetzt.«

Nachdem er aufgelegt hatte, kreisten Rubins Gedanken sofort wieder um Serkan. Warum waren dessen Streitigkeiten, deren Anlässe banal gewesen waren, so wichtig für seinen Bruder Hassan? Standen sie im Zusammenhang mit der Tat? Was war das wahre Verhältnis der beiden Brüder? Und weiter: Welchen Einfluss hatte Serkans schwache Konstitution auf seinen Tod? War sie die Ursache, oder hatte sie nur beschleunigt, was ohnedies geschehen wäre?

Rubin ärgerte sich, dass er von der Gerichtsmedizin noch keine Nachricht erhalten hatte, und überlegte, ob er noch einmal telefonieren sollte. Ihm stand allerdings nicht der Sinn danach, wieder von einem gelangweilten Praktikanten eine Kostprobe behördlicher Arbeitsweise zu erhalten.

Er fragte sich vielmehr, ob Serkans plötzliche Neigung zu romantischer Liebesdichtung ein neues Licht auf den Fall werfen könnte. War er womöglich bis über beide Ohren verliebt gewesen? Wenn dem so wäre, dann könnte …

Ins Netz dieser Gedanken versunken, spürte Rubin plötzlich, dass sich etwas in seiner Umgebung verändert hatte. Er blickte unauffällig um sich, doch er erkannte nichts in der Dunkelheit. War es nur ein Gefühl? War es Einbildung?

Freitag horchte auf, er blickte nervös, bellte aber nicht.

Rubin glaubte, das Knacken eines Astes zu vernehmen, Rascheln im Laub. Eine Maus oder ein Vogel? Ein anderer Hund? Dann hätte Freitag längst angeschlagen.

Trotzdem, Rubin war sich sicher. Da war jemand, und er spürte: Dieser Jemand war wegen ihm da. Er verhielt sich nun vollkommen ruhig, er hörte seinen Atem; und wie aus weiter Ferne vernahm er die gedämpften Geräusche der Stadt. Er winkte Freitag mit einem Fingerschnippen zu sich, der sogleich gehorchte.

Noch immer sah und hörte Rubin nichts. Ihm stieg auch kein außergewöhnlicher Geruch in die Nase; da war nur das faule Aroma des feuchten Laubes.

Es war nicht mehr als ein Gefühl, eine Ahnung, doch auf eine unerklärliche Weise unmissverständlich: Jemand beobachtete ihn.

16

Das Schaufenster der Adler-Apotheke war neben den üblichen Plakaten, die für Hautcremes, Kopfschmerzmittel und Allergiepräparate warben, mit zahlreichen flachen und bunten Flaschen dekoriert. Es gab sie in Flieder und in Pastellrot, in Orange, Kornblumenblau und Moosgrün. Auf der Scheibe stand in großen Buchstaben:

»Jetzt neu – das Bad Löwenauer Heilwasser auch für unterwegs in handlichen Brustflaschen!«

Bernstein schüttelte den Kopf und betrat amüsiert die Adler-Apotheke, die hell erleuchtet und voller Menschen war.

Iris Adler, die Inhaberin, stand hinter der Verkaufstheke, bediente und beriet. Sie hatte rabenschwarzes Haar und helle Augen, trug einen weißen Kittel und wirkte darin wie in eleganter Abendgarderobe.

Sie sprach sehr deutlich und mit großer Selbstsicherheit. Ihre durchdringenden Augen folgten ihren Worten, und ihre Miene drückte Verständnis und Zuversicht aus. Niemandem wäre es eingefallen, an ihren Empfehlungen zu zweifeln.

»Ja, das Präparat können Sie bedenkenlos einnehmen, Frau Schuster. Dreimal täglich nach den Mahlzeiten.«

»Danke vielmals, Frau Adler.«

Als sie Bernstein erkannte, lächelte sie verhalten. Es war kaum mehr als das Zeichen, dass sie seine Anwesenheit zur Kenntnis genommen hatte. Bernstein lächelte zurück, allerdings weniger verhalten.

Er wartete geduldig alle Kunden ab, die vor ihm waren. Ein Rentnerehepaar, das um ein Schlafmittel bat. Eine Frau von Mitte fünfzig, die ein Rezept abholte. Und die Dame vom Kiosk, die Bernstein gut kannte, bleich, kraftlos, matt, mit rot geränderten Augen, die dringend ein Grippemittel brauchte.

Iris Adler bediente alle mit einer Engelsgeduld. Als Bernstein allein mit ihr war, sagte er:

»Dreimal Paracelsus und Hippokrates! Beneidenswert, wie geduldig du dir die Geschichten der Menschen anhörst. In deiner Obhut ist es das größte Geschenk, krank zu sein. Wie ich im Schaufenster entdeckt habe, hast du eine neue Geschäftsidee, ich bin überwältigt: unser Bad Löwenauer Heilwasser als Flachmann für die Westentasche. Sehr passend!«

»Ich denke, der Grund deines Besuchs ist nicht in erster Linie ökonomischer Natur.«

»Warum nicht? Jeder Anlass, der mich zu dir führt, ist ein guter Anlass.«

»Du bist unverbesserlich, Carl. Was kann ich für dich tun?«

»Du kannst mir einen winzigen Moment deiner kostbaren Zeit schenken.«

»Schenken? Du willst meine Zeit umsonst?«

»Du kannst sie mir auch leihen, wenn dir das lieber ist.«

»Leihen heißt: dasselbe wieder zurückbekommen.«

»Das wäre mir das größte Vergnügen. Du schenkst mir deine Zeit, ich dir meine: am besten in Form eines bezaubernden Abendessens mit Kerzenschein und den sanften Melodien von Chopin oder Satie.«

»Kein Punk diesmal?«

»Das Feuer der Gefühle muss aus unseren Herzen lodern!«

»Gibt es keine andere Möglichkeit, meine Zeit von dir zurückzubekommen?«

»Mir fällt keine charmantere ein.«

»Mir schon, Carl, und bei keiner bist du mit von der Partie.«

Bernstein schnalzte genüsslich. »Oh Iris, du bist einfach unwiderstehlich, wenn du so widerspenstig bist.«

»Und du bist eine Klette. Aber wahrscheinlich habe ich nichts Besseres verdient. Schieß los, Carl, was willst du wissen?«

Bernstein blickte zum Schaufenster hinaus und zeigte auf den Löwenbrunnen. »Was hast du dort draußen gestern bemerkt?«

Augenblicklich verschwand ihre aufgekratzte Laune. Iris Adler wurde ernst; sie kräuselte die Lippen und sah Bernstein nüchtern an.

»Ich habe das gesehen, was ich immer sehe: den Brunnen, die

Häuser, die Touristen, die Langeweile. Nichts Besonderes also. Und selbst wenn, würde ich es dir bestimmt nicht auf die Nase binden!«

Bernstein rückte seine Krawatte zurecht. Er trug noch immer seine Hollywoodkluft der siebziger Jahre. Er fühlte sich unwohl darin und bereute, dass er sich nicht die Zeit zum Umziehen genommen hatte.

»Und was hast du gestern Abend von deiner Wohnung aus gesehen?«

Iris Adler wohnte im zweiten Stock über der Apotheke und über der Praxis von Peng Ching. Sie teilte sich die großzügige Vierzimmerwohnung einzig mit einem launischen schwarzen Kater.

»Woher willst du wissen, dass ich zu Hause war?«

»An deinen Augen lese ich ab, dass du es warst.«

»Wenn du es so genau weißt, dann kannst du mir sicher auch sagen, was ich gesehen habe. Du weißt ja ohnehin alles besser und hast deine Urteile schon fix und fertig!«

»Unsinn, Iris, du weißt genau, dass das nicht stimmt.«

»Und du, Carl, weißt genau, worauf ich anspiele. Ich habe keine Lust, wieder als Karikatur in deiner Kolumne zu erscheinen. Wie hast du geschrieben: ›Unsere Apothekerin – die attraktivste Pillendreherin seit Lucrezia Borgia‹.«

»Meiner Seel, das war ein Scherz, Iris!«

»Was haben wir gelacht!«

»Wie, bist du etwa nicht attraktiv?«

»Nein, Carl, so kriegst du mich nicht rum.«

»Wer sagt, dass ich es darauf anlege?«

Iris Adler lachte höhnisch. Ihre Wangen zeigten Grübchen. Bernstein fuhr mit der Hand durch sein Haar und atmete herausfordernd tief durch. Er wollte einen Schnitt in ihrer Unterhaltung machen.

»Ich habe eben mit der Bürgermeisterin gesprochen«, sagte er weit weniger kampflustig, »sie bangt um den guten Ruf der Stadt. Der Tod Serkans könnte sich schlecht auf die Geschäfte auswirken.«

»Davor habe ich keine Angst. In meinem Fall ist das anders: Krank werden die Menschen immer. Und in einer Kurstadt am allerbesten.«

Iris ordnete einige Schachteln Tabletten zu einem schmalen Turm und fragte beiläufig: »Hat der neue Kommissar schon Anhaltspunkte? Darüber bist du doch sicherlich bestens im Bilde.«

Bernstein schüttelte den Kopf.

Im nächsten Moment öffnete sich die Tür, und die feuchtkalte Februarluft spülte einen neuen Kunden in die Apotheke: Manfred Raimer, stellvertretender Leiter der Touristinformation und Organisator des Bad Löwenauer Kultursommers. Er machte ein entrüstetes Gesicht, was daran lag, dass er in leichtem Anzug und offenem Hemd über den Marktplatz gehuscht war. Als er Bernstein erblickte, verfinsterte sich seine Miene zusätzlich.

»Ah, der Kollege von der schreibenden Zunft!«, schnarrte er.

»Kollege? Bei allen Musen und Grazien, seit wann haben wir eine Kooperation? Habe ich da etwas Entscheidendes verpasst?«

Raimer sah Bernstein feindselig an, begrüßte Iris Adler übertrieben herzlich und schüttelte sich. Er machte in gespielter Theatralik abfällige Bemerkungen über das Wetter, gerade so, als habe er im Augenblick die alles verändernde Erkenntnis gewonnen, dass es Februar war und eiskalt.

Raimer hatte graues, schütteres Haar und ein Gesicht ohne Hautfarbe. Er bat Iris Adler um ein Kopfschmerzmittel und sagte unvermittelt, ohne sich zu Bernstein umzuwenden:

»Ich bin schon gespannt, Herr Bernstein, was morgen in Ihrer Kolumne über die neuesten Ereignisse zu lesen sein wird.«

»Da geht es Ihnen wie mir, Herr Raimer.«

»Ich hoffe, der Artikel wird etwas ausgewogener als der von heute Morgen.«

»Waren Sie nicht amüsiert?«, fragte Bernstein.

»Es ist eines, sich über einen Stadtrat zu mokieren. Ein anderes, einen gesellschaftlich so prekären Fall wie den Mord an einem Türken in Bad Löwenau differenziert zu behandeln«, sagte Raimer.

»Reichen Sie eine Wunschliste ein. Ich schreibe eine Extraausgabe für Sie.«

Iris Adler gab Raimer eine Schachtel Kopfschmerztabletten über den Verkaufstresen und vermied es, die Kontrahenten direkt anzusehen.

»Sie sollen nicht für mich schreiben«, sagte Raimer humorlos, »sondern für die Stadt! Ich habe heute das Programm für den Kultursommer abgeschlossen. Auch in diesem Jahr sind wir stolz, wieder zahlreiche Künstler von internationaler Reputation für uns gewonnen zu haben.«

»Sie meinen, bei so viel Globalisierung passt ein Mord an einem Ausländer nicht ins Bild?«

»Zumindest kein Mord mit rassistischem Hintergrund. Es muss der Öffentlichkeit klargemacht werden, dass Fremdenfeindlichkeit in Bad Löwenau keine Chance hat!«

»Wie können Sie so sicher sein, dass es einen rassistischen Hintergrund gibt, zumal nicht einmal klar ist, dass es überhaupt Mord war?«

Raimer holte tief und selbstgefällig Luft. »Sie missverstehen mich, Herr Bernstein. Ich weiß natürlich nicht, wer den Jungen ermordet hat und aus welchen Gründen. Ich spreche hier nur von der Außendarstellung. Es darf unter keinen Umständen und zu keinem Zeitpunkt der Eindruck entstehen, in unserer Stadt könnte es fremdenfeindliche Tendenzen geben.«

»Das habe ich heute schon einmal gehört. Und wenn es sie doch gibt?«

Raimer kramte nach seinem Geldbeutel, um die Tabletten zu bezahlen. »Wenn es so etwas geben sollte, dann müssen wir mit dem Thema höchst sensibel umgehen. Stellen Sie sich vor: Wir laden Sänger zu uns ein aus den USA, aus Litauen, aus der Ukraine, aus der Slowakei. Wir haben Weltmusik aus Ghana, aus Haiti, von den Kapverdischen Inseln. Was sollen wir diesen Menschen sagen, wenn sie fragen, was bei uns los ist?«

Raimers Stimme hatte zunehmend einen feierlichen, ja sakralen Ton angenommen.

»Die Programme sind bereits gedruckt«, fuhr er fort, »die

bundesweiten Pressemitteilungen gehen noch in dieser Woche raus. Es liegen überdies zahlreiche Vorbestellungen vor. Ich will nicht hoffen, dass die positive Resonanz abreißt.«

»Sie haben fabelhafte Arbeit geleistet«, sagte Bernstein bittersüß. Er wechselte Blicke mit Iris Adler. Raimer hörte nicht auf zu reden. Er hatte Gefallen daran gefunden, vor der Apothekerin die Rolle des engagierten und erfolgreichen Kulturmanagers zu spielen. Schließlich sagte er:

»Wir tragen alle Verantwortung für unsere Stadt, Herr Bernstein. Vor allem wir Kulturschaffenden!«

Bernstein schnaufte.

»Falsch, Herr Raimer! Sie schaffen weder Kultur noch Kunst! Sie verwalten sie lediglich und lassen einmal im Jahr auf Gemeindekosten für sich die Puppen tanzen!«

Dann riss Bernstein mit Schwung hinter dem überraschten Kulturmanager die Tür auf und stürzte aus der Apotheke. Draußen, in der matten Dunkelheit, zog er seine Kopfhörer auf die Ohren und stellte die Lautstärke seines Smartphones auf Maximum: Die Gitarren krachten los, das Schlagzeug setzte ein; eine heisere Stimme schrie ihre Wut in die Welt hinaus, emporgetragen von genialem Lärm und rauschender Energie.

17

Unterdessen suchte Rubin Hassan zum zweiten Mal auf. Er traf ihn an, als er gerade seinen Laden abschloss. Es war kurz nach sieben Uhr. Ein leichter Regen fiel, der sich wie frischer Tau auf das Pflaster legte. Der Marktplatz war wie ausgestorben, noch menschenleerer als sonst zu dieser Stunde. Niemand streckte sich über den Brunnenrand, um ein Gefäß großzügig mit Heilwasser zu füllen. Einsam spien die goldenen Löwenfiguren vor sich hin, deren Glanz im Licht der Laternen gespenstisch blass erschien.

Freitag schnüffelte an Hassans Hosenbeinen. Im Vergleich zum Nachmittag war der Golden Retriever jetzt weniger zurückhaltend. Trotzdem wertete Hassan die erwachte Neugierde Freitags nicht als Aufforderung, im Gegenzug dessen Kopf zu tätscheln.

Rubin sah, dass die Haut um Hassans linkes Auge blau und gelb schimmerte, das Lid war geschwollen.

»Tut es weh?«, fragte er.

»Nicht der Rede wert.« Hassan steckte den Ladenschlüssel in seine Jackentasche.

»Kein Kunde heute?«, fragte Rubin.

»Nur ein einziger. Eine alte Frau, der Serkan einmal den Computer eingerichtet hat. Sie hat Obst und Gemüse eingekauft.«

Rubin lächelte und sagte:

»Ich möchte einen Blick in Serkans Wohnung werfen. Haben Sie einen Schlüssel?«

Hassan nickte.

»Dann kommen Sie. Es ist mir lieber, wenn Sie die Tür öffnen.«

Unterwegs fragte Rubin: »Seit wann hatte Ihr Bruder die Wohnung?«

Hassan berichtete, dass Serkan bis vor einem Jahr bei ihm und seiner Frau Gülcan gelebt hatte. Doch es sei, setzte er schnell hinzu, nicht gut, wenn ein junger Bursche bei einem verheirateten Paar im Haus lebte. Zuvor hatte Serkan zusammen mit der Mutter gelebt, die wiederum seit dem Tod ihres Mannes vor zehn Jahren im Haus eines Onkels lebte. Serkans und Hassans Vater war an einem Herzinfarkt gestorben. Seitdem war Hassan das Familienoberhaupt.

Hassan sprach nur widerwillig von seiner Familie und gab nur das Nötigste preis. Rubin konnte ihm zumindest so viel entlocken, dass Serkan, als er im Haus des Onkels gelebt hatte, sich dort wie ein Klotz an dessen Bein vorgekommen war. Rubin entnahm Hassans Worten, Serkan war ihm dankbar gewesen, dass er vorübergehend in seinem Haus aufgenommen worden war.

Serkans Wohnung war zu Fuß in einer Viertelstunde zu erreichen. Trotzdem war er jeden Morgen mit dem Bus zur Arbeit gefahren. Die Wohnung befand sich in einem Mehrfamilienhaus in der Karl-von-Otto-Siedlung, ein Wohngebiet mit einfachen, teilweise schon baufälligen Häusern, das in den achtziger Jahren als soziales Renommierobjekt des Bürgermeisters sehr schnell und sehr kostengünstig errichtet worden war. Niemand war gewillt, mehr Geld als nötig in die Renovierung der Häuser zu stecken, denn sie waren touristisch nicht verwertbar.

Alle Häuser in der Siedlung sahen mehr oder weniger gleich aus. Nur in der Farbe und Form der Gardinen unterschieden sie sich voneinander.

Hassan besaß den einzigen Zweitschlüssel zu Serkans Wohnung. Als er die Tür aufsperrte, war er erstaunt, dass die Wohnung zweimal abgeschlossen war.

»Das macht Serkan nie.«

Als sie eintraten, bat Hassan Rubin, die Schuhe auszuziehen, und warf zugleich einen misstrauischen Blick auf Freitag. Rubin sagte:

»Keine Angst, er ist stubenrein.«

Beide Männer sahen, dass der Teppichboden der Wohnung stark verschmutzt war: Er war übersät mit den dunkelgrauen, matschigen Fußabdrücken von Straßenschuhen.

»Das darf unsere Mutter niemals sehen!«, rief Hassan.

Rubin nahm einen schalen Geruch wahr. Die Wohnung, die stark geheizt war, musste lange Zeit nicht gelüftet worden sein.

Kurzzeitig spielte Rubin mit dem Gedanken, die Spurensicherung zu rufen. Doch er verabschiedete die Überlegung wieder, denn er sah keinen Sinn darin. Wie lange würde es dauern, bis die Kollegen ihre Fingerabdrücke und DNA-Untersuchungen ausgewertet hatten? So lange, wie die Blutuntersuchung brauchte? Nein, Rubin setzte auf das, was ihm zur Verfügung stand, ja, was jedem Menschen zur Verfügung stand, wenn er es nur richtig einzusetzen wusste: Augen, Ohren, Nase. Die Kunst bestand darin, nicht nur wahrzunehmen, was da war, sondern auch zu erahnen, was fehlte.

Die gesamte Wohnung – zwei Zimmer, Küche, Bad – machte auf Rubin den Eindruck eines unaufgeräumten Kinderzimmers. Im Flur war eine Wand nur zur Hälfte gestrichen; im Bad lagen gebrauchte Kleidungsstücke und Handtücher über den Boden verstreut; vor der Toilette befand sich ein grellbunter Bodentreter, der dringend eine Wäsche nötig hatte. Unter dem Badspiegel, auf einer gläsernen Ablage, standen Zahnpaste und Deo. Kein Rasierzeug und kein Aftershave. In einem Plastikbecher mit Mickey-Mouse-Figur befanden sich zwei Zahnbürsten.

Serkans Schlafzimmer war winzig klein und wurde zur Hälfte von einem breiten Bett eingenommen, das ordentlich gemacht und mit einer roten Tagesdecke, aufwendig orientalisch gemustert, abgedeckt war. Davor standen mehrere halb volle Flaschen Wasser. Auf dem Nachttisch stapelten sich Bücher unter einer altmodischen Schirmlampe. Ein Buch lag mit dem Gesicht nach unten aufgeschlagen: »Die Abenteuer des Huckleberry Finn«.

Zahlreiche Bilder und Kunstdrucke zierten die Wände von Schlafzimmer und Küche. Es waren Reproduktionen berühmter Gemälde und abstrakter Malereien auf Leinwand ohne Rahmen. Rubin erkannte van Gogh und französische Impressionisten. Er war kein Kunstexperte, viele Bilder sah er zum ersten Mal.

Die abstrakten Bilder schienen von Serkan selbst zu stammen. Sie waren mit »S.A.« gezeichnet. Es waren keine Formen zu erkennen, es waren kühne Farbspiele, dick aufgetragen und wirr vermischt: braun neben rosa, gelb neben ocker, blau neben lila. Teilweise waren die Bilder mit Spiegelscherben versetzt. Das hatte einen überraschenden Effekt.

Das Wohnzimmer hingegen zierten keine Bilder. In einer Ecke standen eine elektrische Gitarre und ein alter Verstärker, beide waren dieselben Modelle, die John Lennon bei den Beatles gespielt hatte. Rubin kannte sie genau, denn er hatte vor vielen Jahren das gleiche Equipment besessen. Er ließ den Fingernagel seines rechten Zeigefingers über die Saiten der Gitarre gleiten. Sie war nicht verstimmt, was darauf schließen ließ, dass Serkan erst kürzlich darauf gespielt hatte.

Eine Wand des Wohnzimmers war vollständig mit einem überfüllten Bücherregal bedeckt. Rubin entdeckte mehrere unterschiedliche Ausgaben von »Tausendundeiner Nacht«, von denen Buchhändler Weimar gesprochen hatte. Er ließ seinen Finger über die Bücher laufen: Sie waren verstaubt und nicht mit Lesezeichen versehen. Die Bände daneben schienen noch vor Kurzem benutzt worden zu sein und waren gespickt mit Haftnotizen. Es handelte sich um die Biografien der Maler Chagall und Picasso sowie um ein theoretisches Werk zur Farbenlehre.

Unter dem Fenster, das auf einen Hinterhof ging, befand sich ein Schreibtisch mit Büchern, dazu zahllose auf Türkisch beschriebene Notizblätter. Außerdem stand da ein Computer, ein älteres Modell, deutlich vergilbt. Rubin hätte bei einem jungen Mann, der Computer verkauft, etwas Moderneres erwartet.

Und da war noch etwas: ein amtliches Schreiben. Rubin nahm es in die Hand und las. Es stammte von der Universität in der Großen Stadt und war die offizielle Zulassung zu einem Kunststudium im kommenden Sommersemester.

Rubin wandte sich an Hassan. »Wussten Sie von Plänen Serkans, sich beruflich zu verändern?«

»Nein, keine Ahnung. Wieso, steht etwas davon in dem Schreiben da?«

Rubin überlegte.

»Nein, ich frage nur so.«

Er steckte das Schreiben in seine Jackentasche und forschte

weiter auf dem Schreibtisch. Hassan schien sich nicht sicher, ob er wegen der Eigenmächtigkeit protestieren sollte. Schließlich sagte er nichts.

Rubin stieß auf ein Mobiltelefon, das nicht eingeschaltet war, und fragte: »Ist das Serkans Handy?«

Hassan nahm es in die Hand und schüttelte den Kopf. »Das war sein altes. Nur für den Notfall.«

»Er benutzte für den täglichen Gebrauch also ein anderes?«

»Ja, ich habe es ihm vor einem Jahr geschenkt. Hatte er es nicht bei sich, als Sie ihn fanden?«

»Nein.«

Rubin untersuchte weiter den Schreibtisch. Er entdeckte ein Werk zur Kunsttheorie mit einem grauen Umschlag; er sah einen Band mit Gedichten von Johann Wolfgang von Goethe. Den geblümten Band mit den schönsten Liebesgedichten, den Weimar Serkan verkauft hatte, entdeckte er jedoch nirgendwo.

Während Rubin die Gegenstände auf dem Schreibtisch untersuchte, verschwand Hassan in der Küche, wo Rubin bald darauf die Geräusche von sich öffnenden Schranktüren vernahm. Kurze Zeit später stand Hassan wieder neben ihm.

Rubin nahm den grauen Band zur Kunsttheorie zur Hand. Er wunderte sich immer mehr über Serkan, während er ziellos in dem Buch blätterte, das mit zahllosen Anmerkungen und Unterstreichungen versehen war. Serkan hatte es ernsthaft durchgearbeitet.

Rubins Blick fiel auf eine Kunstpostkarte in der Mitte des Buches. Sie war offensichtlich nicht als Lesezeichen benutzt worden, denn sie ragte nicht über den oberen Buchrand hinaus. Vielmehr sah es danach aus, als sei sie im Inneren des Buches versteckt worden.

Die Karte zeigte zwei Engel vor der Silhouette einer nächtlichen Stadt. Es handelte sich um ein Bild von Marc Chagall, in einer Vielzahl von Blautönen. Auf der Rückseite stand in weich geschwungener Schrift etwas auf Türkisch.

»Was bedeutet das?«, fragte Rubin.

»Da steht: ›Wenn ein Engel einen Engel trifft, dann weinen

die Himmel vor Glück.‹ Aber es ist kein gutes Türkisch, es sind Fehler darin.«

»Könnten Sie es für mich auf Türkisch lesen?«

»Wie, Sie verstehen unsere Sprache?«

»Könnten Sie es für mich lesen?«

Hassan las die Worte, ohne zu stocken, seine Stimme hatte einen melodischen, fast feierlichen Ausdruck angenommen; und für einen Augenblick konnte Rubin tatsächlich vor seinem geistigen Auge zwei Engel sehen – sehr verliebt und hoffnungslos verloren vor einem Hintergrund in Nachtblau.

18

In Ricardos Restaurant empfing Rubin ein Duft der Verführung. Knoblauch war darin und Rosmarin, Thymian und Salbei, ebenso wie zerlassene Butter und frisch gebackenes Brot. Scampi und Jakobsmuscheln erinnerten ihn an die Weiten des Meeres an einem Tag mit Wind und ohne Verpflichtungen.

Auch Freitag war augenblicklich verzaubert, wedelte aufgeregt mit dem Schwanz, hechelte und drehte sich im Kreis.

»Christophe, da biste du endlich!«, rief Ricardo, als er Rubin zur Begrüßung auf die Schulter klopfte. »Carlo isse schon da und hatta Hunger. Komme mit!«

Er führte Rubin in den hinteren Teil des Restaurants, wo Bernstein bereits an einem Tisch an der Wand saß. Er tippte rasend auf die Tastatur seines Laptops. Natürlich fehlte ein Glas Rotwein nicht.

»Habe ich euch heute Tisch gegebe in Ecke«, sagte Ricardo, »weil Carlo musse schreibe, und wenn schreibe musse, habe viele laute Musica …« Er machte eine Bewegung, als wolle er eine Glühbirne in eine imaginäre Fassung in Höhe seines Kopfes drehen. Rubin hörte deutlich die Musik aus Bernsteins Computer. Punk der härtesten Gangart: *»Go ahead, set the sky on flames! The world is bad – three, four! You can go and get it all! Right now!«*

Bernstein brauchte das, um seine Gedanken zu schärfen. Ricardo ließ seinen Freund großzügig gewähren, ganz zum Unwillen seiner Frau Caterina. Sie schüttelte entnervt den Kopf und ballte die Fäuste. Ricardo sprach beruhigend auf sie ein.

»Bella Caterina, so isse Carlo eben! Isse so wie in Fußball: Wenn Spieler brauche Energie, dann Zuschauer musse singe!«

Er klatschte in die Hände. »Amici, sind jetzt komplett, könne speise!«, rief er. »Wolle Mailänder Schnitzel mit Spaghetti aglio e olio?«

Ohne sich auch nur den Anschein zu geben, eine Antwort

abzuwarten, rief er gut gelaunt: »Alles klare: Mailänder Schnitzel! Subito! Und für Freitag Schälche Aqua und schöne Parmaschinke!«

Und damit war Ricardo wieder verschwunden.

Rubin fragte: »Und, Bernstein, hast du schon eine zündende Idee für deine Kolumne?«

»Hagelsturm und Blitzgewitter! Ich habe tausend zündende Ideen. Ich bin mir nur noch nicht sicher, welche Rakete ich als Erste abschießen soll.«

Rubin lachte. Ricardo kehrte zurück und kümmerte sich um Freitag, während Bernstein die Musik in seinem Computer abstellte.

Ricardo seufzte. »Nixe gegen deine Punke, Carlo, aber isse immer schöne, wenn wieder isse stille!«

Bernstein zuckte mit den Schultern. Er trug an diesem Abend ein weißes Hemd mit Nadelstreifen und eine dunkle, offene Weste. Auf seiner Nasenspitze saß eine silberne Nickelbrille, die er eigentlich nicht brauchte. Bernstein spähte die ganze Zeit darüber hinweg.

»Und, Freunde, was habe gefunde in schlimme Fall von Serkan?«, fragte Ricardo.

Bernstein ergriff als Erster das Wort. »Die Fürstin bangt um den Ruf der Stadt, und der Kulturschwätzer Raimer bangt um seinen Kultursommer. Also alles wie immer. Nichts Neues zu berichten.«

»Das würde ich so nicht behaupten«, entgegnete Rubin.

Bernstein klappte den Deckel seines Laptops zu und sah ihn neugierig an.

»Ich kann sagen: Ich kenne Serkan jetzt besser und beginne ihn zu begreifen.«

»Bin ich gespannte«, sagte Ricardo mit großen Augen, gerade in dem Moment, als Caterina das Bier für Rubin brachte. Sie hatte noch immer eine düstere Miene und vermied es, Bernstein direkt anzusehen.

»Bitte sei mir nicht mehr böse, Caterina«, säuselte Bernstein. »Ich kann nicht anders schreiben.«

Caterina antwortete mit einem Augenaufschlag, der alles und nichts bedeuten konnte.

Rubin nahm einen kräftigen Schluck Bier, wischte sich über die Lippen und begann sehr langsam und überlegt:

»Soweit ich sehen kann, hatte Serkan ein beträchtliches körperliches Handicap. Ich weiß noch nicht, welches, aber ich bin mir sicher, dass es sein Leben stark beeinflusst hat. Jetzt ist die Frage: Was macht ein Mensch für gewöhnlich in dieser Situation?«

»Nun, er kann den guten deutschen Durchschnittsweg beschreiten«, sagte Bernstein, »und den ganzen Tag mit Jammern verbringen und sein Leben zu einer wandelnden Anklageschrift machen. Oder er kann seinen eigenen Sinn jenseits des Handicaps suchen.«

»Genau das, scheint mir, hat Serkan getan. Er hat sich in zahllose Aktivitäten gestürzt, er hat Gitarre gespielt, hat gemalt und Bücher verschlungen. Buchhändler Weimar erzählte mir, Serkan habe sich besonders für die Geschichten aus ›Tausendundeiner Nacht‹ interessiert. Ich habe die Bände bei ihm zu Hause gesehen. Ich frage mich, warum sich ein junger Mann für Märchen erwärmt?«

»Oh, das ist nicht schwer zu erklären«, sagte Bernstein, »Märchen sind das Herz einer jeden Nation, und wer die Mentalität eines Landes näher kennenlernen will, der tut gut daran, den Märchenschatz zu heben und die Statistiken und Analysen den Erbsenzählern zu überlassen.«

»Dann haben unsere Eltern ja instinktiv richtig gehandelt, als sie uns auf das Gebrüder-Grimm-Gymnasium geschickt haben«, sagte Rubin.

»Das will ich wohl meinen! Wer wissen will, wie wir Deutschen sind, der sollte ›Schneewittchen‹ lesen und ›Aschenputtel‹. In jedem Deutschen steckt ein Hans im Glück und ein böser Wolf, eine arglistige Königin, ein unschuldiges Dornröschen und viele, viele einfache Bauern von brachliegenden Feldern, Schuster, Schankwirte und Droschkenkutscher. Ich bin überzeugt, Serkan ist so verfahren. Er, der meines Wissens in Bad Löwenau aufgewachsen war, suchte das Herz seiner eigenen Kultur, er war auf der Suche nach dem Sindbad und dem Ali Baba in sich selbst.«

»Isse wahre!«, warf Ricardo ein. »Wahrscheinlich wollte Serkan wisse, wie war seine Volke in alte Zeite. Habe iche auch mal versucht zu wisse, habe gelese Ovid – Mamma mia – veni, vidi, vici …«

Ricardo verdrehte die Augen, Rubin und Bernstein sahen einander ungläubig an, dann sagte Rubin nach einem Räuspern:

»Hier, das habe ich auf Serkans Schreibtisch gefunden.«

Rubin entfaltete das Zulassungsschreiben der Universität in der Großen Stadt auf der Tischdecke.

»Bei Tizian, Goya und da Vinci«, rief Bernstein, »der Knabe hatte sich einiges vorgenommen!«

»Ich habe außerdem ein Werk zur Kunstgeschichte auf seinem Schreibtisch gefunden und Künstlerbiografien, alle penibel durchgearbeitet. Er wusste, was er wollte. Etwas in seinem Leben muss sich verändert haben; etwas in seinem Inneren, denn sein äußeres Leben lief so weiter wie bisher. Er hat noch immer bei seinem Bruder gearbeitet, der von seinen Plänen nichts wusste.«

»Dann isse alles klare«, sagte Ricardo, »Serkan hat verlore seine Herze! Und neue Liebe isse wie neue Lebe!«

Rubin griff in die Innentasche seines Sakkos und legte die Kunstpostkarte auf den Tisch.

»Oh, der sinnreiche, rätselhafte Chagall«, sagte Bernstein. »Eine selige Träumerei in Blau!«

»Ich habe die Karte in Serkans Kunstbuch gefunden. Dreht sie einmal um.«

»Mein Türkisch reicht nicht aus, um die Worte zu übersetzen«, sagte Bernstein, »irgendetwas mit ›Himmel‹ und ›weinen‹ und ›kennenlernen‹ steht da.«

»Es heißt: ›Wenn ein Engel einen Engel trifft, dann weinen die Himmel vor Glück‹.«

»Bellissimo!«, rief Ricardo gerührt. »Wenn ich das sage Caterina, wird kriege Nasses in Auge!«

»Hassan sagt, es seien Fehler darin. Das bedeutet, der Verfasser ist kein türkischer Muttersprachler«, bemerkte Rubin.

Bernstein schielte über seine Lesebrille und begann entschlossen mit der Untersuchung der Karte. Er hielt sie dicht vor die Augen, kippte sie nach hinten, tastete mit gläsernen Blicken Wort für Wort wie ein Scanner ab. Dann murmelte er, ohne die Augen von der Karte zu lösen:

»Eindeutig: Diese drei zierlichen Zeilen stammen aus der Feder einer Frau, und zwar einer deutschen!«

Rubin runzelte die Stirn. Bernstein scannte weiter und nickte unablässig mit dem Kopf. Schließlich warf er die Karte schwungvoll auf den Tisch, klatschte in die Hände und rief:

»Wunderbar, ich hab es, alle Zweifel ausgeschlossen: Diese Zeilen hat eine junge deutsche Frau Ende zwanzig geschrieben, die in der Provinz zur Schule gegangen ist und eine äußerst ordentliche Schülerin war. Sie hat ein verträumtes Wesen, das sie sich allerdings erst seit Kurzem zugesteht. Ebenfalls erst seit Kurzem verspürt sie einen unbändigen Freiheitsdrang, der ihr hinwiederum nicht ganz geheuer ist.« Triumphierend riss sich Bernstein die Brille von der Nase.

Ricardo staunte. »Bin ich baff, Carlo, woher weißt du?«

Rubin schmunzelte und sagte: »Auf die Erklärung bin ich auch schon sehr gespannt.«

Bernstein legte den Finger an die Lippen und anschließend an die Nasenspitze. Er ergriff erneut die Karte und hielt sie in die Höhe.

»Hier, seht her, das Erste, was ins Auge springt: Die Worte sind mit weichem Schwung geschrieben, ein wenig verspielt, ein wenig zärtlich, doch stets hundertprozentig lesbar. Wir haben es zweifelsohne mit einer Frau zu tun.«

»Das ist nicht schwer zu erraten«, sagte Rubin.

»Warte ab, mein Lieber, es geht weiter. Der Text ist mit Tinte geschrieben, und zwar nicht irgendwie, sondern in exakt der Manier, in der jemand schreibt, der seit Jahren an das Schreiben mit Tinte gewöhnt ist. Die Zeichen unserer Autorin haben einen weicheren Schwung als mit Kugelschreiber gekritzelt.

Die Federführung unserer Dame ist sehr sicher und bestimmt, sie schreibt seit mindestens zwei Jahrzehnten auf diese Weise. Das bedeutet, die Gute muss Ende der achtziger Jahre, Anfang der neunziger Jahre eine Provinzschule besucht haben, wo auf Tintenschrift großen Wert gelegt wurde. In den Großstädten ist die Tinten-Tradition nicht mehr lebendig.«

Bernstein sah lange in die Runde, bevor er fortfuhr.

»Sie war und ist durch und durch eine ordnungsliebende Person, was sich unschwer an der akkuraten Linienführung ablesen lässt: gerade und ebenmäßig. Man könnte meinen, sie habe die Zeilen auf einer imaginären Linie geschrieben. Des Weiteren erstaunt jedoch dies: So ordentlich und sauber sie schreibt, sie gestattet sich dennoch gelegentlich kleine emotionale Extravaganzen. Die Farbe der Tinte ist Flieder. Ein nüchterner Mensch hätte Blau oder Schwarz gewählt. Dann beachtet bitte dies hier!«

Bernstein zeigte auf zwei Ausrufezeichen: auf dem Kopf stehende Dreiecke, die auf winzigen Herzchen als Punkt balancierten.

»Süß, nicht wahr? Wir schließen, sie ist bisweilen auch verträumt, hat eine romantische Seite. Das erhellt aus der Art der Ausrufezeichen. Man kann das kitschig finden oder nicht. Sie selbst übrigens hatte auch Zweifel, ob eine solch naive, ja mädchenhafte Anwandlung zu ihrem Alter passt. Die Schwünge der Ausrufezeichen sind bei Weitem nicht so fließend wie der Rest. Sie hat diese Form der gefühlsseligen Verzierung noch nicht allzu oft geübt.«

Ricardo und Rubin sahen sich erstaunt an. Rubin fragte sich, ob die Erläuterung vielleicht am Ende doch wieder nur ein typischer Bernstein sein könnte. Doch das war ihm jetzt egal: Es klang auf eine gewisse Weise plausibel. Er lauschte weiterhin gespannt seinen Ausführungen.

»Seht her, so ordentlich die Karte im Ganzen verfasst ist, die Schreiberin muss gleichwohl Anflüge von Anarchie in sich gespürt haben. Sie schreibt in den drei Zeilen zweimal über die Mittelbegrenzung, die den Schreibteil der Karte vom Adressfeld trennt. Das sagt uns: Sie will Grenzen überschreiten, will aus dem

Ungemach der Ordnung, in dem sie eingepfercht ist, ausbrechen! Die Schrift hinter der Begrenzungslinie ist kräftiger und raumgreifender, aber weit weniger geschmeidig, nahezu ohne Eleganz. Die Autorin scheint der neuen Freiheit nicht ganz zu trauen. Denn hinter der Grenze befindet sie sich auf Neuland, tastend und suchend. Wen sie indessen sucht, dürfte ohne Weiteres klar sein: den Adressaten!«

Bernstein hielt inne und nippte zufrieden an seinem Rotwein.

Es herrschte Stille.

Rubin leerte sein Bier.

Ein »Hm« entrang sich seiner Kehle.

Bernstein grinste listig, noch immer mit seiner Ausführung hochzufrieden, als schließlich Caterina mit dem Essen erschien. Ricardo sprang vom Stuhl auf und verkündete:

»Amici, hier ist lecker Mailänder Schnitzel mit Spaghetti aglio e olio und extra Parmesano! Buon appetito! Lasse schmecke!«

Später überquerte Rubin auf dem Nachhauseweg zum letzten Mal an diesem Tag den Marktplatz. Freitag lief munter vorneweg.

Plötzlich überfiel den Hauptkommissar wie schon am Nachmittag im Park ein seltsames Gefühl. Er spürte wieder den unsichtbaren Schatten eines Verfolgers und meinte, leise Schritte zu hören, die stehen blieben, wenn er stehen blieb.

Rubin begab sich nicht auf den direkten Weg nach Hause, sondern ging ein paarmal im Karree, bis ihm die Schritte nicht mehr folgten.

Dann war wieder alles still. Rubin verharrte mit Freitag eine Weile im Schutz einer Hausecke. Als er sich in Bewegung setzte, vernahm er ganz in der Nähe dumpf die Glockenmelodie von »Bruder Jakob«.

19

Am nächsten Morgen, kurz nach neun Uhr, saß Rubin am Schreibtisch seines Büros und verrührte eine Extraportion Milch in seinem Earl Grey. Der Duft von Bergamotte stieg ihm angenehm frisch in die Nase. Der erste Schluck war ein Genuss.

Zuvor hatte sich Rubin in Erinnerung des gestrigen Morgens von der Stabilität seines neuen Bürostuhls überzeugt. Er war auf der Hut gewesen, schließlich konnte er nicht wissen, zu welchen Späßen Hausmeister Schulte diesmal aufgelegt sein könnte.

Doch heute Morgen war alles ruhig. Abgesehen von einem klirrend kalten, stürmischen Wind, der sich fauchend in Dachrinnen und Fenstersimsen verfing.

Rubin blätterte in dem Buch von Tom Smart, das er vergessen hatte, Bernstein zu geben. Ein Satz sprang ihm ins Auge:

»Ahnungen sind Zeichen, von denen wir bloß noch nicht wissen, was sie uns sagen wollen.«

Er nahm einen weiteren Schluck Earl Grey, während Freitag zufrieden auf seiner Decke in einer Ecke des Büros lag und an einem getrockneten Schweineohr kaute, das Rubin ihm spendiert hatte. Von Zeit zu Zeit hob er den Kopf.

Rubin schlug das Buch zu und Seite vier des Bad Löwenauer Anzeigers mit Bernsteins Kolumne auf. Über dem Artikel strahlte das gut getroffene Porträt des Autors. Rubin las:

Da liegt ein Toter im Brunnen

Liebe Bad Löwenauer,
wie immer, so stelle ich auch heute wieder die Frage: Was gibt es Neues, was hat uns der gestrige Tag gebracht?
Heute fällt die Antwort dramatisch aus – er hat uns einen Toten gebracht, der am Morgen in unserem Wahrzeichen lag, im Löwenbrunnen. Unser Heilwasser konnte ihn nicht mehr retten. Serkan Arslan, Mitinhaber des Mini-Supermarktes am Marktplatz, ist das Opfer,

ein 24-jähriger Türke, aufgewachsen in Bad Löwenau. Ein junger Mensch, der Träume hatte. Die Zulassung zu einem Kunststudium hatte er in der Tasche. Die Zukunft erwartete ihn mit weit geöffneten Armen. Überdies war er seit Kurzem verliebt, der Himmel über ihm hing voller Geigen.
Doch offensichtlich spielte eine Geige falsch.
Ja, Serkan Arslan ist tot. Sein Ableben wirft schreckliche Fragen auf. War derjenige, der ihn in den Brunnen gestopft hat, auch zugleich sein Mörder? Oder haben wir es mit einer Verkettung von unglückseligen Zufällen zu tun? Gesetzt, ein unbekannter Finsterling hat Serkan auf dem schlechten Gewissen, warum platziert der Mörder sein Opfer dann so schändlich vor aller Augen, in unser aller Heiligtum, dem Heilwasserbrunnen am Marktplatz? Will er sagen: In Bad Löwenau stimmt etwas nicht? Und warum will niemand von der Bevölkerung etwas bemerkt haben? Das Schweigen wiegt schwer wie ein Sargdeckel.
Es ist kein Geheimnis, dass der Mini-Supermarkt, den Serkan gemeinsam mit seinem Bruder Hassan geführt hat, nicht jedem in Bad Löwenau Vergnügen bereitet. Für den Inhaber eines benachbarten alteingesessenen Cafés ist die Sache klar: Von dem Mini-Supermarkt geht seit Jahren eine schleichende Gefahr aus. Natürlich, wie könnte es anders sein? Wir wissen ja alle: Neben Großbanken und Versicherungen ist ein Minimarkt die Hauptgefahr unserer Wirtschaft!
Unsere Bürgermeisterin Franziska von Roth zeigte sich gleichfalls tief besorgt um den guten Ruf der Stadt. Wie werden unsere treuen Kurgäste reagieren? Kann man in Bad Löwenau nach Sonnenuntergang noch sicher über die Straßen bummeln? Und mehr noch: Wie wird sich der Todesfall auf unseren Kultursommer auswirken, wenn angesehene Künstler Bad Löwenau zu einem Treffpunkt internationaler Prominenz machen?
Fragen über Fragen. Wer kennt die Antworten?
Die polizeiliche Ermittlung leitet unser neuer Kriminalhauptkommissar Christoph Rubin, der nach einem Vierteljahrhundert in seine Heimatstadt zurückgekehrt ist. Willkommen daheim!
Wie ich erfahren konnte, gibt es bereits erste überraschende Erkenntnisse. Welches Arsenal an Merkwürdigkeiten wird der Tod Serkans noch zutage fördern? Welche Verdächtigen werden aus dem Meer der Unschuld auf-, welche untertauchen?

Ich halte wie immer Augen und Ohren für Sie offen und werde berichten.
Herzlich
Ihr Carl Bernstein

»Hm«, sagte Rubin laut zu sich selbst und kratzte sich am Kopf.

Kaum hatte er die Lektüre des Artikels beendet, klingelte sein Handy. Bürgermeisterin Franziska von Roth war am Apparat. Sie verlangte umgehend ein persönliches Gespräch.

Rubin überlegte genau, dann sagte er: »Ich bin in zehn Minuten bei Ihnen.«

20

Franziska von Roth trug einen tiefblauen Hosenanzug mit weißer Bluse. Sie sprang von ihrem Stuhl hinter dem Schreibtisch auf und eilte Rubin mit ausgestreckter Hand entgegen. In der Mitte des Büros blieb sie abrupt stehen und blickte auf Freitag hinab, gerade so, als ob sie ihn erst jetzt wahrgenommen hätte und unschlüssig sei, wie sie reagieren sollte. War es besser, den Hund zu tätscheln oder ihn einfach zu übersehen?

Freitag nahm ihr die Entscheidung ab. Er tapste auf sie zu. Als er vor ihr stand, legte er allerdings den Kopf schief und widmete sich kurz entschlossen anderen Dingen wie den Reizen einer Stechpalme.

Rubin schüttelte die Hand der Bürgermeisterin. Von Roths Miene war starr und hart. Sie trug auffallend viel Rouge, und ihrem Parfum waren herbe Essenzen beigemischt. Rubin war der Duft nicht angenehm, er legte sich wie Staub auf seine Brust.

»Ich freue mich, endlich persönlich Ihre Bekanntschaft zu machen, Herr Rubin. Leider findet unser Kennenlernen unter den denkbar widrigsten Umständen statt. Wir haben wenig Zeit, machen wir es kurz.«

Sie wies ihm den gepolsterten Besucherstuhl zu, auf dem sich Bernstein tags zuvor so unbequem wie möglich niedergelassen hatte. Rubin ließ sich vorsichtig auf das weiche Polster sinken. Freitag legte sich neben ihm ab.

Von Roth schleuderte unvermittelt die Seite vier des Bad Löwenauer Anzeigers auf die Tischplatte.

»Herr Rubin, mit Verlaub, das ist eine Frechheit, wie ich sie selten erlebt habe! Ein Skandal ist das, eine Verleumdung! Unsere Stadt durchläuft eine ihrer schlimmsten Prüfungen, und was macht Ihr Freund Bernstein? Er sticht sein Messer noch mal tief in die Wunde!«

Rubin beobachtete die Bürgermeisterin genau. Die Wut entstellte ihre Gesichtszüge, und ihre Augen strahlten reine Kälte aus.

»Das sind Bernsteins Worte«, sagte Rubin.

»Ja, ja, glauben Sie nicht, ich wäre nicht im Bilde. Ich weiß, dass Sie beide Schulfreunde sind. Das erklärt vielleicht so manches, zum Beispiel, warum ein Journalist bei den polizeilichen Ermittlungen mitmischen darf. Und das ist ja gerade, was mich beschäftigt. Was in dieser Kolumne ist Carl Bernstein und was sind Sie, Herr Hauptkommissar?«

Je aufgeregter von Roth wurde, desto ruhiger wurde Rubin. Mit präziser Aufmerksamkeit verfolgte er jede ihrer Bewegungen und Gesten.

»Sie sehen ja, wie schnell es gehen kann. Unsere Kurgäste sind verschreckt, der Löwenbrunnen steht ungenutzt da, die Stadt ist praktisch lahmgelegt. Was wir jetzt am nötigsten brauchen, das ist ein schneller Ermittlungserfolg, keine wilden Spekulationen. Wenn die Gäste wissen, dass in Bad Löwenau wieder alles im Lot ist, dann trauen sie sich auch wieder ans Heilwasser. Und mit dem Heilwasser kommt wieder Leben in unsere Stadt.«

Rubin sah, wie ihre Halsschlagader anschwoll.

Was sollte er sagen? Sollte er sich rechtfertigen? Sollte er erklären, warum er tat, was er tat? Oder besser, sollte er den Versuch unternehmen, Bernsteins Handlungsweise zu erklären? Das war unmöglich. Er verstand Bernstein ja selbst nicht immer. Und das hatte er auch früher nicht getan, wenn Bernsteins Einfälle die Phantasie zum Tanzen gebracht hatten.

Rubin sah von Roth eindringlich an und sagte – nichts.

Nach einer Pause fuhr sie deutlich nüchterner und gefasster fort.

»Herr Rubin, ich bin ja kein Unmensch. Das Schicksal des jungen Mannes geht auch mir zu Herzen. Sehr sogar. Aber ich muss die Interessen der Stadt vertreten. Unser ausgezeichneter Ruf muss gewahrt bleiben. Das ist meine Aufgabe. Das ist unser aller Aufgabe!«

Wieder sah Rubin sie bloß schweigend an.

»Ich weiß, die Polizei, also Sie, Herr Rubin, tut alles in ihrer Macht Stehende. Doch ich muss Sie noch einmal darauf hinweisen, dass es in diesem Fall von größter Bedeutung ist, dass wir zeitnah Klarheit erhalten. Die Verdachtsmomente, die im Raum schweben, müssen so früh wie möglich entkräftet werden. Ich erhalte Informationen von überstürzten Kurabbrüchen, die mehr als alarmierend sind!«

Von Roth stand auf und ging nervös auf und ab; dabei schielte sie immer wieder auf Freitag, der sich nicht rührte.

Rubin sagte noch immer nichts.

»Es steht viel auf dem Spiel«, sagte von Roth mit einem Ausdruck in der Stimme, der weniger energisch klang, als sie beabsichtigt hatte. Sie beugte sich über den Schreibtisch.

»Ich weiß, Sie sind der richtige Mann. Sie sind ein Kind unserer Stadt. Und jeder weiß: einmal Bad Löwenauer, immer Bad Löwenauer. Herkunft verpflichtet. Sie wissen, was Sie tun, ich vertraue Ihnen.«

Rubin sah, wie ihre Augen hin und her huschten, ihre Lippen bebten. Sein beharrliches Schweigen irritierte, ja entwaffnete sie. Rubin hatte genug gehört: Er stupste Freitag, der die ganze Zeit bewegungslos neben ihm gelegen hatte, an und warf von Roth einen letzten Blick zu. Dann schwang er sich mühelos aus der Tiefe des Stuhls.

Er ordnete langsam seinen Mantel und kehrte der Fürstin den Rücken.

21

Noch immer grollte der Wind. Er fegte über den Marktplatz, dicht über dem Kopfsteinpflaster. Freitag passierte nur unwillig die Tür des Rathauses.

Der Sturmwind, eiskalt und feucht, jagte die wenigen Menschen, die hinausmussten, wie Freiwild vor sich her. Nein, es war kein Wetter für einen erholungsbedürftigen Kurgast und ein Wetter zum Wasserschöpfen schon gar nicht.

So stand der Löwenbrunnen nach wie vor einsam da, das schöne Heilwasser plätscherte und plätscherte, während der Wind winzige, sich langsam kräuselnde Wellen über das Wasser im Auffangbecken trieb.

Rubin zog seinen Schal fester um den Hals. Gerade wollte er einen Schritt zulegen, als er Hausmeister Schulte entdeckte, der mit Farbeimer und Pinsel vor dem Café Schirner stand.

Hausmeister Schulte war mehr als nur Hausmeister, er war der stolze Nachfahre einer alteingesessenen Hausmeisterdynastie in Bad Löwenau.

Sein Uhrahn schloss das Stadttor auf und wieder zu und zündete die Laternen an. Sein Vater verband die klassischen Hausmeisteraufgaben mit denen des Handwerkers. So war es Schulte in die Wiege gelegt, einmal der Tausendsassa von Bad Löwenau zu werden, den man vertrauensvoll mit den unterschiedlichsten Aufgaben betraute.

Schulte tauchte den Pinsel in den Eimer und zog ihn wieder heraus. Der Sturm peitschte die Hälfte der Farbe aus den Borsten. Die Farbe, die nur annäherungsweise dem Fassadenton entsprach, tröpfelte in kleinen Klecksen aufs Pflaster.

»Morgen, Christoph«, sagte Schulte, dessen Nase vor Kälte dunkelrot war, »Carls Artikel hat ja gewaltig eingeschlagen.« Er deutete kopfschüttelnd mit der Pinselspitze auf die Fassade des Cafés.

Auf der Wand stand zu lesen: »Keine Macht dem …«

Der Rest des Satzes war bereits von Schultes groben Pinselstrichen übertüncht.

»Was hat da gestanden?«, fragte Rubin.

Schulte ging unbeirrt daran, die nächsten Worte zu tilgen. Offensichtlich hatte er bei dem Sturm die Frage nicht verstanden. Oder hatte sie nicht verstehen wollen.

Rubin schrie gegen den Wind: »Was hat da gestanden?«

Schulte zuckte mit den Schultern und rief: »Ein schlimmes Wort, das mein jüngstes Enkelkind besser nie zu Ohren bekommt.«

Während Schulte weitermalte, beobachtete Rubin aus dem Augenwinkel, wie zwei Männer schnellen Schrittes den Marktplatz überquerten. Der eine war Bernd Schirner, den anderen konnte Rubin nicht deutlich erkennen, denn er trug die fellbesetzte Kapuze einer wattierten Winterjacke über dem Kopf. Nur die robuste Statur und die hölzernen Bewegungen des Mannes kamen Rubin bekannt vor. Schirner trug eine Zeitung unter dem Arm. Die beiden Männer unterhielten sich lebhaft. Jetzt blieben sie etwa in Höhe von »Da Ricardo« stehen. Schirner gestikulierte wild und unbeherrscht. Niemand sonst war auf dem Marktplatz, außer Schulte, der strich, und Rubin, den Schirner offensichtlich noch nicht bemerkt hatte.

Im nächsten Augenblick sah der Hauptkommissar, wie eine Windböe die Kapuze des anderen Mannes erfasste und seinen Schädel entblößte. Es war der Russe – Igor!

Sie sprachen noch kurz miteinander, dann reichten die beiden Männer sich die Hände, und Igor eilte davon. Schirner wandte sich zum Café. Der Sturm fauchte jetzt wie eine hungrige Wildkatze.

Rubin wünschte Schulte gutes Gelingen beim Streichen und versuchte Freitag zu beruhigen, den der Sturm in große Verwirrung versetzte. Er lief ziellos auf und ab, nahm keinerlei Witterung auf und wirkte wie auf der Flucht.

Auf der Höhe des Löwenbrunnens vernahm Rubin undeutlich einen Ruf hinter sich. Er meinte, seinen Namen gehört zu haben. Als er sich umdrehte, sah er Bernd Schirner auf sich zustürzen, kräftig mit beiden Armen rudernd, schnaufend und tobend. Die neueste Ausgabe des Bad Löwenauer Anzeigers flatterte in seiner Hand.

»Herr Hauptkommissar, das ist Geschäftsschädigung!«

Er riss die Zeitung in die Höhe. Augenblicklich spielte der Wind damit. Hier am Löwenbrunnen verfing sich der reißende Luftstrom und rauschte in den Ohren. Eine normale Unterhaltung war unmöglich. Rubin und Schirner mussten gegen das Rauschen anbrüllen.

»Was meinen Sie?«, schrie Rubin.

»Wieso wusste der Journalist von unserem Gespräch?«, brüllte Schirner, und seine Miene verfinsterte sich. Er wies auf die Fassade. »Sehen Sie diese Schmiererei? Das ruiniert mir das Geschäft!«, donnerte er.

»Ist das Café leer?«

»Nein, das nicht. Aber es sind weniger Gäste als sonst«, schnauzte Schirner.

»Das könnte am Wetter liegen!«

»Eins kann ich Ihnen sagen, Herr Rubin …«, Schirner zerdrückte die Zeitung in seiner Hand, »… wenn mein Geschäft leidet, dann werden Sie mich noch kennenlernen! Das kann ich Ihnen sagen! Das sage ich Ihnen! Ohne Rücksicht auf Verluste!«

Die letzten Worte waren nur noch ein wildes Brüllen, rauschend wie der Sturm. Plötzlich und ohne jede Vorwarnung sprang Schirner mit einem Schrei auf Rubin los und krallte seine Hand in dessen Mantelkragen. Rubin schwankte, fiel aber nicht.

Augenblicklich schlug Freitag an und ging unter fürchterlichem Bellen zum Angriff über. Seine Vorderpfoten erwischten Schirner am Arm, der Schwung und das Gewicht des Golden Retrievers zwangen ihn, Rubin loszulassen.

Schirner schien erst jetzt zu begreifen, was er getan hatte. Freitag allerdings sah keinen Grund zum Rückzug und setzte zu einem zweiten Sprung an. Schirner verlor den Halt und stürzte rücklings aufs Pflaster.

»Aus, Freitag!«, befahl Rubin.

Der Golden Retriever gehorchte aufs Wort und zog sich zurück, hechelnd und aufgeregt.

Schirner blieb mit schmerzverzerrtem Gesicht am Boden liegen. Er rieb sich den rechten Ellenbogen. »Scheiße«, zischte er.

Rubin trat auf ihn zu und reichte ihm die Hand. Schirner schlug sie aus und rappelte sich auf. Augenblicklich nahm er wieder seine aggressive Haltung an.

»Beruhigen Sie sich!«, schrie Rubin.

Schirner schlug sich auf die Hosenbeine, schüttelte sich und wich Rubins Blicken aus. »Herr Hauptkommissar, ich weiß nicht, was ich …«, stieß er hervor, fast ein wenig zu leise für den Wind.

»Vergessen Sie es«, rief Rubin, »beantworten Sie mir lieber eine Frage: Wo waren Sie gestern Abend um dreiundzwanzig Uhr?«

Schirner blickte Rubin misstrauisch an, der keine Miene verzog.

»Um es klarzustellen, Herr Schirner: Das ist diesmal kein Gespräch. Das ist ein Verhör!«

»Ich war beim Kegeln, Herr Hauptkommissar.«

»Wann sind Sie zurückgekommen?«

»So gegen halb eins.«

»Wen haben Sie als Zeugen?«

Schirner nannte die Namen einiger Mitglieder des Kegelclubs »Gut Holz 69«.

»Haben Sie niemanden vergessen? Ihre Frau, Ihren Sohn?«

Schirner schlug sich mit der Hand gegen die Stirn. »Meine Frau habe ich vergessen, sie war auch mit!«

»Gut, das reicht mir«, schrie Rubin in den Wind und kehrte Schirner den Rücken.

Gleichzeitig sah er aus dem Augenwinkel, dass ihre Auseinandersetzung nicht unbemerkt geblieben war. Hinter der Scheibe des Cafés drängten sich Schaulustige: Kurgäste und Rentner in brauner, beiger oder übertrieben bunter Kleidung und ein junger Mann in strahlend weißer Bäckerkluft.

Rubin steuerte geradewegs auf die Polizeiinspektion zu. Freitag lief dicht an seiner Seite. Das Schweineohr von heute früh hatte er sich redlich verdient.

22

»Es ist so, wie es ist«, sagte Bernstein. »Das gehört eben zum Spiel dazu.«

Er hatte es sich in einem grauen Trainingsanzug mit knallroter ärmelloser Wetterweste auf dem Schreibtisch seiner Kollegin Ayse bequem gemacht und ließ amüsiert die Beine baumeln.

Die junge Türkin, die seit vier Jahren als Redakteurin beim Bad Löwenauer Anzeiger beschäftigt war, beobachtete ihn von ihrem Schreibtischstuhl aus. Sie waren allein im einzigen Großraumbüro der Redaktion.

Ayse hatte schulterlanges, fein gelocktes schwarzes Haar. Sie trug eine Lederjacke, eine weiße Bluse und verwaschene Jeans.

»Ich dachte eben, Sulzbach wollte dir den Kopf abreißen«, sagte sie und lachte.

»Auch das ist ein Teil des Spiels«, antwortete Bernstein, »sein allerliebster Part.«

Wenige Minuten zuvor war eine eilig einberufene Redaktionssitzung lautstark zu Ende gegangen. Helmut Sulzbach, Verleger, Chefredakteur und Geschäftsführer des Bad Löwenauer Anzeigers, hatte sie angesichts der sich – wie er sich ausdrückte – »dramatisch entwickelnden Ereignisse« einberufen.

Er hatte die letzten Informationen vorgelegt:

Das Hotel am Marktplatz meldete vier Stornierungen und drei vorzeitige Abreisen.

Die Touristikinformation vermeldete die Rückgabe von drei Dauerkarten für den Kultursommer.

Die Bürgermeisterin hatte eine Sondersitzung des Stadtrates anberaumt.

»Das geht alles auf dein Konto, Carl!«, hatte Sulzbach gedonnert.

»Nur zu, ich habe reichlich Kredit«, hatte Bernstein geantwortet.

Der Rest der Sitzung hatte in sinnlosem Gebrüll geendet.

»Pass auf, Carl!«, hatte Sulzbach zum Schluss gedroht. »Pass auf, überspann diesmal den Bogen nicht. Du kriegst keinen Freifahrtschein von mir. Noch ein falsches Wort und du fliegst.«

»Hast du keine Angst, dass er seine Drohung wahr macht?«, fragte Ayse.

»Ich sagte es ja: So ist das Spiel. Ich schreibe, er brüllt; ich schreibe weiter, er brüllt. So geht es bis in alle Ewigkeit.«

»Wieso bist du da so sicher?«

»Das ist ganz einfach, mein Täubchen: Er braucht mich. Ohne meine Kolumne sinkt seine Auflage. Also muss er das hinnehmen, was er im Grunde verabscheut.«

»Ist es wirklich so?«

Bernstein lachte auf. »Sulzbach hat es vor Jahren einmal drauf ankommen lassen. Er hat mich gefeuert wegen eines läppischen Artikels über den Vorsitzenden des Gesangsvereins, den ich als ›Troubadix im Stimmbruch‹ tituliert hatte. Er sah aus wie Pavarotti für Arme und war im Hauptberuf Abteilungsleiter der Sparkasse. Er hat Sulzbach gedroht, die Kredite zu streichen, wenn ich weiter meine Kolumne schreibe. Da hat Sulzbach nachgegeben und mich vor die Tür gesetzt.«

»Und was hast du gemacht?«

»Ich habe natürlich weitergeschrieben. Ich lasse mir den ›Tag in Bad Löwenau‹ doch nicht von solchen Nebensächlichkeiten vergällen.«

»Und wo hast du deine Texte veröffentlicht?«

»Es gibt viele Möglichkeiten für eine flinke Feder.«

»Warum hat er dich wieder eingestellt?«

»Warum? Ist die Frage ernst gemeint? Die Auflage ist gesunken! Ein Hofstaat ohne Hofnarr ist eine traurige Veranstaltung. Ich habe eine gehörige Gehaltserhöhung verlangt und war wieder mit von der Partie.«

Ayse lachte. »Ich kann mir gut vorstellen, wie schwer Sulzbach das gefallen ist.«

»Es war sein doppeltes Waterloo. Seither verwandelt er sich an jedem Morgen, an dem meine Kolumne erscheint, in Napoleon und Wellington zugleich, in einen stolzen Verlierer und einen einsamen Sieger. Das Erscheinen meiner Texte ist der Moment seiner größten Niederlage und seines größten Triumphs zugleich. Das ist das Spiel. Er hasst es. Ich genieße es in vollen Zügen. Fast so sehr wie die Reize der Schönheit in Form atemberaubender Frauen mit pechschwarzem Haar.«

Ayse tat so, als habe sie seine letzten Worte überhört. »Aber andererseits bist du auch von ihm abhängig, finanziell, meine ich.«

»Richtig. Er zahlt, ich bin Gehaltsempfänger. Sulzbach ist der Herr meiner Finanzen, ich bin der Knecht des Geldes. Gleichzeitig bin ich aber durch meine Kunst Herr seiner Zeitung, und er ist Knecht meiner Feder.«

»Aber es steht nicht ganz fünfzig-fünfzig zwischen euch.«

»Nein, natürlich nicht.«

»Du nutzt deine Position schamlos aus.«

»Meiner Treu, das sollte jeder tun, der eine gewisse Position hat. Es kommt immer nur auf die Zwecke an, für die man seine Vorteile nutzt.«

Ayse sah Bernstein an und rückte auf ihrem Stuhl hin und her.

»Was ich dir übrigens noch sagen wollte, Carl«, ihre Stimme war sanft, »mir hat deine Kolumne von heute sehr gut gefallen.«

Bernstein deutete eine Verbeugung an. »Ein Lob von den Lippen einer bezaubernden Schönheit ist wie ein Strahl gleißenden Lichtes direkt aus dem Paradies.«

Ayse konnte nicht verhindern, dass sie errötete. Mit einem Lächeln überspielte sie ihre Verlegenheit und sagte mit einem ironischen Unterton: »Du bist ja ein richtiger Romantiker.«

»Sagen wir besser: Teilzeit-Romantiker. In gewissen Situationen kann ich einfach nicht widerstehen.«

Ayse senkte ihren Blick. »Du hast Serkan sehr gut beschrieben. Ich frage mich nur: Woher wusstest du das alles? Das mit dem Studium, das mit seiner Freundin?«

»Hör mal! Ich bin Journalist. Ich habe recherchiert!«

»Du hast von Dingen geschrieben, die noch nicht einmal der Familie Arslan bekannt sind.«

Bernstein stutzte. »Wie? Und woher weißt du das?«

Ayse musterte Bernstein ungläubig und legte ihre Stirn in Falten. Sie langte in einen Papierstapel auf ihrem Schreibtisch und hielt Bernstein ihre Visitenkarte vor die Nase:

»Ayse Arslan, Journalistin«.

»Ich muss schon sagen: Du hast wirklich blendend recherchiert, Carl«, sagte sie. »Ich bin Serkans Cousine.«

Bernstein riss die Augen auf und sprang vom Schreibtisch. »Bei allen Grafen und Kalifen: Die Runde, meine Schöne, geht an dich«, sagte er voller Anerkennung. »Serkan war dein Cousin! Habt ihr euch gut gekannt?«

»Er hat früher bei uns im Haus gewohnt. Dann bin ich ausgezogen. Seitdem Serkan allein gelebt hat, hatten wir keinen regelmäßigen Kontakt mehr.«

Bernstein setzte sich wieder. »Hast du Serkan in meinen Worten wiedererkannt?«

»Im Großen und Ganzen schon. Er war ein eigenartiger Mensch. Er hat nie das getan, was man von ihm erwartete.«

»Das spricht ganz und gar für ihn und ist fast schon ein Luxus heutzutage. Doch wie meinst du das genau?«

Ayse strich ihre weiße Bluse glatt. »Unsere Kultur verlangt gewisse Dinge von uns. Sie legt genau fest, wie ein Mann und eine Frau zu sein haben. Serkan entsprach überhaupt nicht dem Bild dieses typischen Mannes.«

»Er war ein Freund der Literatur!«

»Er hat gelesen wie ein Irrer, tage- und nächtelang. Gedichte und Märchen, auf Deutsch und auf Türkisch. Er hat auf Familienfeiern immer etwas vortragen müssen. Wie hat er das gehasst!«

»Ha, darin sind wir uns doch alle gleich: Onkel Suleiman und Tante Lisbeth reichen sich die Hände!«

»Serkan hat auch viel Gitarre gespielt, Lieder von den Beatles, den Rolling Stones und auch aktuelle Sachen. Er hat sogar versucht, traditionelle türkische Musik auf der E-Gitarre zu spielen. Es klang gar nicht übel. Aber er hat es nicht weiterverfolgt, obwohl er viele Stunden investiert hat. Er war dann oft müde während der Arbeit im Mini-Supermarkt.«

»Das kann Hassan nicht gefallen haben.«

»Natürlich nicht. Hassan ist das genaue Gegenteil seines Bruders, er hat keinen Sinn für Musik oder Literatur. Aber er ist weniger cool, als es den Eindruck macht. Er hätte zu jeder Zeit alles für seinen Bruder getan. Wirklich alles. Er würde auch jetzt alles tun, um ihn wieder zurückzubekommen …« Ayse brach ab. Tränen füllten ihre Augen.

Bernstein sagte nichts und legte sanft seine Hand auf ihre. Er berührte sie nur kurz, doch in der Berührung drückte sich seine ganze Anteilnahme aus.

»Es geht schon wieder«, flüsterte Ayse.

»Serkan wollte Kunst studieren. Hatte er Talent zum Malen?«

»Die Malerei ist seine große Leidenschaft gewesen, mehr noch als die Musik oder die Literatur. Ob er Talent hatte, weiß ich nicht. Ich habe einmal seine Bilder in seiner Wohnung gesehen. Abstrakte Malereien, die im Grunde jeder kann. Mir hat es nichts gesagt, aber ich bin da nicht repräsentativ.«

Bernstein überlegte.

»Und die Liebe, wie sah es damit aus?«

Ayse zögerte mit der Antwort und sagte schließlich: »Woher weißt du das? Die Liebe Serkans war ein gut gehütetes Geheimnis. Ich weiß es auch nur durch Zufall von einer Bekannten.«

»Kennst du den Namen der Auserwählten?«

»Ich weiß gar nichts über sie. Nur so viel: Sie muss eine Deutsche sein. Und ich weiß: Sie hat Serkan sehr, sehr gutgetan. Sie hat ihm neuen Lebensmut gegeben. Ich hatte mich zuerst gewundert. Irgendwann hatte Serkan sich verändert, er war lockerer geworden, viel lustiger und temperamentvoller. Wenn so etwas geschieht, dann ist immer Liebe im Spiel.«

»Neue Besen kehren gut«, sagte Bernstein.

»Das klingt aber nicht sehr romantisch.«

»Der Romantiker legt eine schöpferische Pause ein.«

Bernstein dachte nach.

»Das Entscheidende ist«, sagte er nach einer Weile, »warum hat Serkan seine Liebe geheim gehalten? Welchen Grund kann es dafür geben?«

»Keine Ahnung, vielleicht weil sie eine Deutsche war. Aber das glaube ich nicht. So sind wir nicht.«

»Es muss mit ihr persönlich, ihrem Leben und ihrer Lebenssituation zu tun haben. Höchstwahrscheinlich ist es so: Sie ist eine Dame der höheren Bad Löwenauer Gesellschaft in fortgeschrittenem Alter, die sich zu ihrer Unterhaltung einen jungen angehenden Künstler hält. Der Altersunterschied und der Reiz der Boheme treiben sie in ekstatische Verzückungen!«

Ayse schüttelte den Kopf. »Das kann ich mir bei Serkan überhaupt nicht vorstellen.«

»Dann so: Sie ist eine ehemalige Schulkameradin, die Serkan mit alten Anekdoten so lange genervt hat, bis er ihrem spröden Altschulmädchencharme erlegen ist.«

»Wenig überzeugend.«

»Bleibt nur noch eins: Die Auserwählte war bereits vergeben und steckte in einer langjährigen Beziehung. Sie war noch nicht bereit, alle Brücken hinter sich abzubrechen.«

Bernstein dachte an die Kunstpostkarte.

»Sie wollte und sie wollte auch nicht. Sie spielten beide mit dem Feuer. Das Feuer brannte heiß. Es ist das aufregendste und das gefährlichste aller Spiele.«

»Ich hatte gehofft, dass die Liebe Serkan neue Lebenskraft verleihen würde«, sagte Ayse, ohne auf Bernsteins letzte Spekulation einzugehen. »Ich fand es richtig schön und romantisch. Und dann ist es schließlich doch passiert.«

»Passiert, was ist passiert?«, fragte Bernstein.

Ayse zögerte wieder einen Moment, bevor sie sagte: »Wenn ich richtig im Bilde bin, dann gab es doch bei Serkans Tod keine äußerlichen Einwirkungen, oder?«

»Kein Gift, keine Kugeln, keine Messerstiche.«

»Also ist er eines natürlichen Todes gestorben.«

»Herzstillstand ist die offizielle Todesursache.«

»Genau das meine ich!« Ayse warf Bernstein einen triumphierenden Blick zu. »Wie ich sehe, tut sich da eine weitere Lücke in deiner Recherchekette auf, Carl. Wusstest du nicht, dass Serkan an einer angeborenen Herzschwäche litt?«

Bernstein war sprachlos.

»Nur wenige haben davon gewusst«, fuhr Ayse fort. »Serkan selbst, Hassan und ich. Noch nicht einmal die eigene Mutter wusste etwas.«

»Noch nicht einmal die Mutter?«

»Hassan hatte alles unter Kontrolle. Zumindest glaubte er das.«

Bernstein schluckte und rieb sich das Kinn. »Das erklärt so einiges.«

»Serkan wusste, dass seine Lebenserwartung nicht besonders hoch war. Er hat tapfer mit diesem Bewusstsein gelebt, und wahrscheinlich erklärt das auch, warum er so war, wie er war. Als ich von seiner Beziehung erfahren habe, habe ich mir so sehr gewünscht, dass die Liebe ihm Kraft geben würde. Dass sie ihm noch ein paar Jahre schenkt. Tatsächlich sah es zunächst danach aus. Serkan hat durch die Beziehung die Kraft und den Mut gewonnen, sich mehr und mehr dem Einfluss seines Bruders zu entziehen. Das war sowieso längst überfällig. Doch dann hat ihn sein Schicksal am Ende wieder eingeholt.«

»Falsch!« Bernstein riss seinen Zeigefinger in die Höhe. »Ein anderer hat Serkan sein Schicksal bereitet. Ein Dritter ist hier im Spiel.«

»Der Mörder?«

»Mörder, Scharfrichter, Todesengel, nenne ihn, wie du willst! In jedem Fall ist es jemand, der Serkans Schicksal gehörig auf die Sprünge geholfen hat. Ein feiger Nutznießer des Zufalls!«

Ayse sah Bernstein an, sie rang schwer atmend um Fassung. Wieder glänzten ihre Augen.

»Es ist alles so schrecklich«, sagte sie. »Serkan wollte doch nur seinen eigenen Weg gehen.«

Bernstein begriff, dass Ayse nicht nur von Serkan sprach.

»Meine liebe Ayse, einsame Blume des Orients«, sagte er fordernd und sanft zugleich, »der eigene Weg ist der leichteste aller Wege. Er verlangt nur eine einzige Bedingung von uns.«

»Und die wäre?«

»Du musst immer weitergehen, liebe Ayse!«

23

Der Sturm hatte sich gelegt. Auf dem Marktplatz war es wieder ruhig. Die Wolken, eben noch kräftig durcheinandergewühlt, hatten sich wieder in eine blasse, graue Masse verwandelt.

Auf Rubins Schreibtisch klingelte sein Handy. Er sah auf dem Display, dass es Bernstein war.

»Ich habe Neuigkeiten«, rief der Journalist, »eine süße Quelle hat mir eine bittere Wahrheit offenbart. Etwas, das wir beide insgeheim geahnt hatten.«

Bernstein erzählte ausführlich. Rubin lauschte aufmerksam.

»Hm«, murmelte er und sagte: »Für einen Menschen mit einem schwachen Herzen kann jede Aufregung lebensbedrohlich werden.«

»Und wer mit einem solchen Wissen eine Aufregung künstlich heraufbeschwört, besitzt eine tödlichere Mordwaffe als Pistole und Dolch.«

»Du hast recht, Bernstein, in diese Richtung müssen wir konsequent weiterdenken«, sagte Rubin. »Ich habe aber auch etwas für dich.«

Er berichtete von der Schmiererei auf der Hauswand von Schirners Café.

»Meiner Treu, ich bin entzückt! Ein engagierter Leserbrief der ausgefallenen Art.«

»Hast du eine Ahnung, wer dahinterstecken könnte?«

»Nein, keine Ahnung, aber ich habe noch etwas für dich. Ich erhielt eben einen Anruf unseres russischen Freundes Igor. Er hat heute einen kleinen Auftrag erhalten, wie er sich auszudrücken beliebt. Er soll einem stadtbekannten Journalisten einen kleinen Denkzettel verpassen.«

»Was hat er vor?«

»So weit wollte sich Igor nicht äußern. Du kennst ja seine Mitteilsamkeit. Aber keine Sorge, selbstverständlich wird Igor diesen Auftrag nicht ausführen. Er hat ihn nur zum Schein angenommen, um den Auftraggeber bei späterer Gelegenheit je nach Erfordernis unter Druck setzen zu können. Außerdem wird Igor den Teufel tun, sich den stadtbekannten Journalisten zum Feind zu machen, von dem er in der Vergangenheit den einen oder anderen Nutzen gehabt hat.«

»Bist du dir im Klaren, lieber Bernstein, dass du mit dem Leiter der Polizei sprichst?«, fragte Rubin trocken.

»Ich bin mir darüber im Klaren, dass ich mit einem Mann von großem Verstand und Lebenserfahrung spreche. Und nun halte dich fest: Weißt du, wer der Auftraggeber ist?«

Rubin ließ einen kurzen Moment zur Steigerung der Spannung verstreichen.

»Schirner«, sagte er schließlich.

Die Stille am anderen Ende der Leitung war mit Händen greifbar.

»Alle Achtung, Rubin, woher weißt du das denn?«

»Auch ich halte meine Augen und Ohren offen, Bernstein.«

»Wunderbar, bei allen Detektiven und Inspektoren! Was aber fangen wir jetzt mit der Botschaft an?«

Rubin dachte nach.

»Das weiß ich noch nicht. Wie steht es mit dir, fühlst du dich von Schirner bedroht?«

Bernstein lachte. »Im Gegenteil, mein Lieber, ich fühle mich geehrt, und ich lese an seiner Reaktion ab, dass meine Arbeit in dieser Stadt ihre volle Berechtigung hat.«

»Bist du sicher, dass alles in Ordnung ist? Es wäre auch kein Problem, dir Polizeischutz zu gewähren«, sagte Rubin besorgt.

»Nein, nein, es ist alles gut. Wenn Schirner mir krummkommt, dann bewerfe ich ihn einfach mit Astkuchen!«

Als eben sein Telefon geklingelt hatte, dachte Rubin zuerst, dass es endlich die Gerichtsmedizin mit dem Ergebnis der Blutuntersuchung sei. Warum dauerte das Verfahren so lange? Er griff zum Hörer, um sein Glück erneut zu versuchen.

Eine Frau war am Apparat.

»Tut mir leid, ich kann Ihnen leider in Ihrer Angelegenheit

nicht weiterhelfen. Ich bin nicht von der Gerichtsmedizin, sondern von der Stadtverwaltung.«

»Warum sind Sie dann am Apparat?«

»Der Anruf ist automatisch weitergeleitet worden. Wir sind zurzeit personell unterbesetzt, wissen Sie, und da muss die eine Abteilung mal bei der anderen aushelfen. Die Pathologie ist momentan nur zu bestimmten Zeiten besetzt.«

»Wissen Sie, zu welchen?«

»Unterschiedlich. Ich müsste nachsehen.«

»Schon gut, ich probiere es auf gut Glück wieder.«

Die Frau nippte deutlich hörbar an einem Getränk, dann sagte sie: »Wie, sagen Sie, war noch Ihr Name? Juwel oder so, ja? Ich glaube, ich habe etwas in Ihrem Fall von einer Kollegin gehört.«

»Eine Kollegin von der Stadtverwaltung oder aus der Gerichtsmedizin?«

»Nein, nein, schon von der Medizin. Ich glaube gehört zu haben, Ihre Probe sei verloren gegangen. Aber genau weiß ich es auch nicht.«

»Ist vielleicht Professor Schmittbauer zu sprechen?«

»Professor Schmittbauer ist im OP.«

»Im OP? Ich denke, er ist Pathologe!«

»Ja, schon, aber weil wir halt überall unterbesetzt sind, übernimmt er auch Operationen in der Poliklinik.«

»Dann sagen Sie ihm bitte, er soll mich umgehend zurückrufen. Es ist sehr wichtig. Und mein Name ist Rubin.«

»Natürlich, das richte ich sehr gerne aus«, sagte die Frau übertrieben freundlich, »das ist doch eine Selbstverständlichkeit. Professor Schmittbauer ruft immer gleich zurück. Dafür ist er bekannt.«

Kurz darauf stand Polizeimeisterin Jana Cerni in der Tür.

»Chef, wir haben Besuch.«

»Soll reinkommen.«

Hinter ihr stand Frank Schirner. Er war nicht in Bäckerkleidung, sondern trug eine rot-schwarze Wetterjacke, einen Fleecepulli und Cordhosen.

Augenblicklich sprang Freitag von seinem Platz auf und eilte dem jungen Schirner entgegen. Anvisiertes Ziel: der Schritt des Cafébetreibersohnes.

»Aus, Freitag!«, rief Rubin.

Der Golden Retriever gehorchte und tapste auf seinen Platz zurück. Jana Cerni beugte sich zu ihm hinunter und tätschelte sein Fell.

Frank Schirner hatte einen mächtigen Schreck bekommen. Er stand in leicht vorgebeugter Haltung da und wusste nicht recht, was er tun sollte.

»Ist gut, Frau Cerni, Sie können jetzt gehen, Freitag hat sich wieder beruhigt«, sagte Rubin, und die Polizistin verließ den Raum.

»Das darfst du Freitag nicht übel nehmen«, sagte er zu Frank. »Er hat sich heute schon sehr aufregen müssen. Was führt dich zu mir, Frank?«

»Ich … ich bin gekommen, um mich zu entschuldigen, Herr Hauptkommissar. Für meinen Vater, meine ich. Wegen heute Morgen. Ich habe Ihre Auseinandersetzung beobachtet. Ich kann nicht sagen, was in ihn gefahren ist. Er ist sonst überhaupt nicht so, aber das Ganze nimmt ihn sehr mit. Ich will nur sagen, dass …«

»… dass du vielleicht Platz nimmst und mir alles genau und in Ruhe erzählst«, unterbrach ihn Rubin freundlich.

Er schaute auf die Uhr. Es war gerade Mittagszeit.

»Ich habe eine Idee«, sagte er. »Hast du schon was gegessen?«

»Ich bin noch nicht dazu gekommen.«

»Was hältst du davon, wenn wir beide uns die Freiheit nehmen und die Teezeit um ein paar Stunden vorverlegen? Du sorgst für den Kuchen, ich für den Tee.«

Frank sah Rubin entgeistert an. »Das … äh, ja, ich weiß nicht, aber doch … das wäre möglich.«

»Du läufst einmal über den Marktplatz und bringst uns ein paar Stücke von eurem legendären Bad Löwenauer Astkuchen. In der Zwischenzeit bereite ich den Tee zu. Einverstanden?«

Frank lächelte, er zitterte nicht mehr und sagte mit fester Stimme: »Gut. Ich bin gleich wieder bei Ihnen.«

Rubin setzte Wasser auf und verteilte die tiefschwarzen, duftenden Teeblätter des Earl Grey auf zwei Teesiebe.

Nach kurzer Zeit klopfte es an der Tür.

»Ist offen«, rief er.

Frank Schirner sah stolz aus. In der rechten Hand hielt er eine säuberlich verpackte Auswahl an Backwaren.

Rubin verteilte Tassen und Teller. Sie nahmen an seinem Schreibtisch Platz, der nun als Esstisch diente.

»Was empfiehlst du mir als Erstes?«

»Den Klassiker mit dunkelbrauner Fettglasur, Herr Rubin.«

»Also nehmen wir den zuerst. Dieser Ast sieht aus wie von einem Nadelbaum gebrochen, bloß ohne Nadeln.«

Rubin ließ einen großen Bissen in seinem Mund verschwinden. Die schwere Süße war genau das, was er erwartet hatte. Ein Geschmack, der ihm aus Jugendtagen vertraut, wenn auch alles andere als angenehm war: fade, pappig, künstlich, ein schaler Einheitsgeschmack. Trotzdem sagte er:

»Sehr gut. So habe ich den Kuchen in Erinnerung. Ich möchte noch gerne von dem Stück mit weißer Glasur probieren, das mich an einen Birkenast erinnert.«

Während Frank Rubin ein weiteres Stück auf den Teller legte, füllte dieser die Tassen mit Tee.

»Wie trinkst du deinen Tee, Frank?«

Frank blickte unsicher. »Ich weiß nicht. Wir trinken bei uns zu Hause keinen Tee. Wir sind Kaffeetrinker.«

»Ich empfehle dir viel Milch. Das macht die Sache rund.«

Rubin biss herzhaft in das Stück weißen Astkuchen und schmeckte genau dieselbe falsche Süße wie bei dem dunkelbraunen. Wieder entschied er sich nicht für die Wahrheit und sagte:

»Sehr gut.« Mit einem besonders freundlichen Gesichtsausdruck fügte er hinzu: »Kommst du oft dazu, deinen eigenen Kuchen zu essen?«

»Nein, eher selten.«

»Hast du das Rezept verfeinert oder unverändert von deinem Vater übernommen?«

Frank lächelte stolz. »Das Rezept des Bad Löwenauer Astkuchens ist ein Familiengeheimnis.«

»Benutzt ihr auch diese künstlichen Backtriebmittel?«

»Leider ja, wir kommen nicht drum rum.«

»Da musst du dich gut in Chemie auskennen.«

»Ja, schon. Ich interessiere mich dafür. Chemie hat mich schon in der Schule begeistert.«

»Ach, Chemie ist nie meine Sache gewesen. Ich hatte sogar einmal eine Sechs im Zeugnis, die ich aber durch eine Eins in Deutsch ausgleichen konnte. Ansonsten wäre es eng für mich geworden.«

Rubin nahm einen Schluck Tee. Auch Frank nippte. Es schien der erste Tee seines Lebens zu sein. Er versuchte sich in Höflichkeit und sagte:

»Lecker!«

»Sag mal, Frank, was mich persönlich interessiert, backst du eigentlich auch zu Hause? Wer ist der Bäcker, und wer ist der Koch bei euch? Du oder deine Frau?«

»Ich bin nicht verheiratet.«

»Gibt es niemanden, für den du backen kannst?«

»Doch, doch, ich habe eine Freundin, wir leben zusammen. Ohne Trauschein allerdings. Aber wir werden sicher heiraten.«

»Kommt sie auch aus Bad Löwenau?«

»Ja, ja, sie arbeitet in der Adler-Apotheke.«

»Aber es ist nicht die Apothekerin?«

»Nein, nein, meine Bianca ist die Angestellte. Frau Adler wäre doch ein bisschen zu alt für mich«, sagte Frank selbstbewusst.

»Ich vermute, Bianca und du, ihr beiden habt ganz unterschiedliche Arbeitszeiten«, sagte Rubin.

»Das ist wahr. Ich muss um drei Uhr morgens in der Backstube sein, Bianca erst um acht in der Apotheke. Abends ist sie fitter als ich, obwohl ich mich gerne mal am Nachmittag aufs Ohr lege.«

»Und das funktioniert?«

»Ja, ja, das funktioniert prima.«

Bei diesen Worten stieg plötzlich eine leichte Röte in Franks Gesicht. Er sah verlegen, beinahe ertappt aus.

Rubin wechselte das Thema. »Bist du eigentlich Geselle oder Meister?«

»Ich bin Geselle. Der Meistertitel ist nichts für mich. Vater sagt, ein Meister in der Familie ist genug.« Er schielte auf die Uhr.

Rubin sah Frank tief in die Augen und sagte in Seelenruhe: »Weißt du, was mich wundert? Du und Serkan, ihr wart Nachbarn, ihr wart in etwa demselben Alter. Und du hast gestern behauptet, du kanntest ihn nicht. Das verstehe ich nicht.«

»Ich habe gesagt, ich hatte nichts mit ihm zu tun.«

»Das ist fast dasselbe. Weißt du, was für ein Mensch Serkan war?«

Frank rutschte unruhig auf seinem Stuhl hin und her. Seine linke Hand begann wieder zu zittern, wie tags zuvor, als er dem Hauptkommissar zum ersten Mal persönlich begegnet war. Freitag registrierte sogleich die Nervosität und spitzte die Ohren.

»Wie gesagt, ich kannte ihn nicht.«

»Ich kannte ihn auch nicht persönlich. Leider, muss ich sagen. Ich glaube, er wäre mir sympathisch gewesen. Er war neugierig auf das Leben, und er hatte viele Interessen. Er war beliebt und ein aufrichtiger Bursche. Seine Freunde konnten sich immer auf ihn verlassen.«

»Warum erzählen Sie mir das?«, fragte Frank, dessen Stimme plötzlich rau und heiser klang. Er nippte am Tee und hätte sich fast verschluckt.

»Ich habe gehört, dass Serkan seit Neuestem eine Freundin hatte. Weißt du etwas darüber?«

Frank schüttelte den Kopf, Rubin sah Schweißperlen auf seiner Stirn, seine Lippen zitterten.

»Der Verlust ist schrecklich für die Freundin, sie ist verzweifelt, am Boden zerstört, das kannst du dir vorstellen.«

»Was kann ich denn dafür? Dieser Serkan geht mir am Arsch vorbei!«

Mit einem Satz war Frank auf den Beinen. Sogleich war auch Freitag zur Stelle.

»Aus und sitz!«, rief Rubin.

»Ich will jetzt gehen, ich brauche mir das nicht länger anzuhören. Ich habe mit diesem Typen nichts am Hut gehabt. Ich bin nur wegen meinem Vater gekommen.«

»Er hat sich sehr dumm verhalten, wenn du das meinst.«

»Sie haben aber auch eine komische Art«, sagte Frank und drehte sich energisch zur Tür. Rubin lächelte, und als Frank die Türklinke schon in der Hand hatte, sagte er:

»Eine letzte Frage noch: Kennst du einen Russen mit Namen Igor?«

Frank überlegte.

»Nein«, stieß er hervor und stampfte verbittert mit dem Fuß auf den Boden, »der Name sagt mir gar nichts. Und ich will auch keine weiteren Fragen mehr beantworten. Ich will jetzt endlich gehen. Ich habe zu tun. Mein Vater wartet. Auf Wiedersehen.«

24

Hassans Mini-Supermarkt war voller Kunden, und ausnahmslos alle waren Deutsche, Bad Löwenauer vor allem, aber auch Kurgäste, Menschen jeden Alters, die es nicht auf sich sitzen lassen wollten, als fremdenfeindlich angesehen zu werden.

Eine Frau mit einem Kind kaufte einen großen Vorrat an Obst und Gemüse und ließ sich noch drei Fladenbrote einpacken. Ein Rentner kaufte Couscous und ließ sich erklären, wie es zubereitet wird.

Ein Mädchen, nicht älter als acht Jahre, überreichte Hassan im Namen ihrer Eltern einen Blumenstrauß.

Rubin musste schmunzeln.

Bernstein, du alter Halunke, dachte er bei sich.

Bernstein hatte mit seiner Kolumne genau diese Art von Reaktion hervorrufen wollen. Hassan hätte ihm dafür eine Extraportion Halva spendieren können. Wenn ihm die Zeit dazu geblieben wäre.

Denn Hassan konnte den unerwarteten Kundenandrang kaum bewältigen, obwohl zwei Frauen ihn unterstützten.

Beide trugen ein gemustertes Kopftuch und ansonsten moderne Kleidung. Eine war etwa Ende zwanzig, und blondiertes Haar lugte unter ihrem Tuch hervor. Ihr schönes Gesicht zeigte auch herbe, scharfe Züge.

Rubin trat auf Hassan zu. »Ich muss mit Ihnen sprechen.«

Hassan stand an der Theke und tippte Zahlen in die Kasse. »Was gibt es?«

Rubin schüttelte den Kopf. »Können wir ungestört reden?«

»Es ist gerade nicht sehr günstig. Wie Sie sehen, habe ich …«

»… ich warte draußen auf dem Marktplatz auf Sie«, sagte Rubin mit eisiger Bestimmtheit.

Rubin drängte sich durch die Masse der Kunden nach draußen, Freitag trottete hinterher. Ihm schien der Andrang nicht ganz geheuer zu sein.

Hassan folgte unmittelbar. Er nutzte die Gelegenheit, eine Zigarette zu rauchen.

»Ich will es kurz machen, Hassan: Wo haben Sie sie?«

»Wie bitte? Wo habe ich was?«

»Die Herztabletten Ihres Bruders.«

Hassan lachte verächtlich. »Herztabletten, was erzählen Sie da?«

»Geben Sie sich keine Mühe. Ich meine die Medikamente, die Sie gestern Abend aus Serkans Küchenschrank genommen haben, während ich die schönen Kunstdrucke bewundert habe.«

Hassan nahm einen tiefen Zug von seiner Zigarette und stieß den Rauch durch die Nasenlöcher aus.

»Also gut, Herr Kommissar. Ich habe die Medikamente an mich genommen. Ich habe sie im Laden. Ich kann sie Ihnen geben. Woher wissen Sie von Serkans Krankheit?«

»Sie haben sich viel Mühe gegeben, sie zu verheimlichen. Warum, war Ihnen die Krankheit Ihres Bruders peinlich?«

»Moment«, sagte Hassan und zückte sein Handy. Er wählte eine Nummer und sagte dann sehr rasch und befehlend einige Sätze auf Türkisch.

»Meine Frau bringt die Medikamente sofort.«

»Also noch einmal: Warum haben Sie Serkans Krankheit verheimlicht?«

Hassan trat seine Zigarette auf dem Pflaster aus.

»Tut mir leid, das geht nur die Familie etwas an. Seit dem Tod unseres Vaters bin ich das Familienoberhaupt, ich musste Entscheidungen treffen. Ich habe für alle die Verantwortung und entscheide allein.«

»Hat Serkan das genauso gesehen?«

Hassan wurde rot vor Wut. »Ja, natürlich hat er das!«, schrie er mit so weit ausholenden Gesten, als wollte er einen Mückenschwarm vor seinem Gesicht vertreiben.

»Was hielten Sie von seinen Studienplänen?«

»Welche Pläne?«, rief Hassan. »Davon weiß ich nichts.«

»Serkan hat gemalt, er wollte Kunst studieren.«

»Pah, diese Schmierereien! Das kann ich auch, wenn ich will. Serkan hatte kein Talent. Er war ein Träumer.«

»Er war entschlossen, den Laden aufzugeben und Bad Löwenau zu verlassen.«

Hassan lachte voller Spott und Herablassung. »Und wovon wollte er leben, wenn ich fragen darf?«

»Er hätte arbeiten gehen können.«

»Niemand hätte ihn mit seinem Herzleiden eingestellt!«

»War Serkan als schwerbehindert eingestuft?«

Hassan zögerte, dann nickte er.

»Wo war Serkan in Behandlung? Hier in Bad Löwenau?«

»Nein, in der Stadt.«

»Hat er dort auch die Medikamente gekauft?«

Hassan senkte den Blick. »Ja.«

In diesem Moment öffnete sich die Tür des Mini-Supermarktes, und die junge Frau trat ins Freie. Freitag lief ihr entgegen, aber sie ignorierte ihn vollkommen und überreichte Hassan eine rechteckige Pappschachtel.

»Das ist meine Frau Gülcan«, sagte Hassan.

Rubin reichte der jungen Frau die Hand. Sie hatte beinahe pechschwarze Augen und war bis auf einen feinen Kajalstrich ungeschminkt. Jetzt entdeckte Rubin graue Strähnen in dem blondierten Haar, das das Kopftuch nicht verdeckte. Unmittelbar nach dem Austausch der Höflichkeiten machte sie wieder kehrt und ging schweren Schrittes in den Laden.

Sie hatte nicht ein Wort gesprochen.

Rubin betrachtete nachdenklich das Medikament in seiner Hand. Der Name sagte ihm nichts. Er öffnete die Schachtel und fand darin unterschiedliche Briefchen mit Tabletten in Weiß, Grün, Rot und Gelb. In einem der Briefchen waren die bereits herausgedrückten Tabletten durch andere ersetzt worden. Rubin fragte sich, wie Serkan bei diesem Wirrwarr den Überblick behalten hatte.

Freitag saß noch immer auf dem Pflaster und ließ seinen Blick von einem zum anderen wandern. Hassan rieb sich die Oberarme. Er war ohne Jacke nach draußen gekommen und zitterte.

»Wissen Sie, wer Serkans Freundin war?«, fragte Rubin.

Hassan sah ihn scharf an. »Freundin? Serkan? Sie wollen mich wohl auf den Arm nehmen!«

Diesmal glaubte Rubin Hassan tatsächlich, dass er nichts wusste.

»Warum ist der Gedanke für Sie so abwegig?«

»Serkan hat immer seine Bücher gelesen und seine Bilder gemalt. Ich habe es doch schon gesagt: Er war ein Träumer und immer müde. Müde Männer kommen nicht gut bei Frauen an. Er war mein Bruder, ich sage niemals etwas Schlechtes über ihn! Ich schwöre! Aber er war kein Frauentyp.«

Rubin spielte mit der Medikamentenschachtel in seiner Hand. »Sie haben mir Rätsel aufgegeben«, sagte er schließlich. »Ich habe lange grübeln müssen, warum die zwei Streitigkeiten, die Serkan vor seinem Tod hatte, für Sie so wichtig waren.«

Hassan legte den Kopf in den Nacken. »Jetzt wissen Sie es, Herr Kommissar. Serkan brauchte sehr viel Ruhe. Jede Belastung hat sein Herz geschwächt. Und an diesem Tag waren es gleich zwei Auseinandersetzungen.«

Rubin steckte die Medikamentenschachtel in seine Jackentasche und sagte: »Nein, Hassan, nicht zwei – drei.«

25

Im Verkaufsraum der Adler-Apotheke waren zwei Kunden, die Apothekerin Iris Adler bediente den einen, ihre Mitarbeiterin Bianca Reich den anderen.

»Das Medikament kannst du bedenkenlos nehmen, keine Sorge«, sagte Iris Adler zu dem alten Mann an der Theke. Sie begrüßte Rubin, dem sie zuvor noch nicht begegnet war, mit einem freundlichen Nicken.

Der alte Mann drehte sich um.

»Ach, Christoph, du bist es«, sagte er erfreut. »Wie geht's, mein Junge?«

»Mir geht's gut, und dir, Manfred?«

Es war Rubins Nachbar von früher, der im Haus schräg gegenüber dem seiner Eltern gelebt hatte.

»So wie immer: Beschissen wäre geprahlt. Unsere Iris versucht zu retten, was nicht mehr zu retten ist.«

Alle lachten. Rubin stellte sich der Apothekerin offiziell vor. Manfred rief zum Abschied: »Schönen Tag noch, ihr Jungvolk!« und ging.

Bianca Reich war im Begriff, ihren Kunden, einen jungen Mann, kaum älter als sie selbst, zu verabschieden.

Rubin steuerte direkt auf sie zu und stellte sich auch ihr offiziell vor.

Bianca hatte ein schmales, eingefallenes Gesicht, eine hohe Stirn und blasse Lippen. Ihr Haar war blond und fiel gerade und dünn auf ihre Schultern. Rubin legte das Medikamentenpäckchen auf die Verkaufstheke.

»Ich brauche eine Auskunft von Ihnen. Bei welcher Art von Herzerkrankung werden diese Tabletten verschrieben?«

Bianca Reich sah sich die Verpackung nur kurz an. »Im Fall einer schweren Herzinsuffizienz, Herr Rubin.«

Sie schaute Rubin fest ins Gesicht, doch es war, als blicke sie mit ihren hellen, stechenden, fast gläsernen Augen durch ihn hindurch.

»Ein schwerer Fall?«, fragte Rubin.

»Sehr schwer«, antwortete Bianca.

Sie sprach wie unter einer großen Last, ihr zierlicher Körper war starr vor Anspannung.

Er öffnete das Päckchen und zeigte ihr den Wirrwarr an bunten Tabletten. Ein Schatten des Entsetzens huschte über ihr Gesicht und hinterließ ein leeres Glänzen in ihren Augen. Sie sah jetzt noch viel zerbrechlicher aus als eben.

Plötzlich kamen Rubin die Worte des Gedichtes in den Sinn, das Weimar ihm vorgelesen hatte, das Lieblingsgedicht Serkans:

»Du schlank und rein wie eine Flamme, du wie der Morgen zart und licht.«

Und Rubin begriff.

Iris Adler trat zu Bianca und warf einen sorgenvollen Blick auf das Medikament.

»Das ist das stärkste Herzmittel, das es auf dem Markt gibt. Mit immensen Nebenwirkungen wie Müdigkeit, Konzentrationsstörungen und Antriebslosigkeit bis hin zu Depressionen. Ich hoffe nicht, dass das Medikament für Sie ist.«

Rubin schüttelte den Kopf und presste die Lippen aufeinander. Biancas Augen starrten ins Leere, sie zitterte. Gleichzeitig offenbarte sie eine eiserne Disziplin. Sie zählte nicht zu den Menschen, die vor anderen ihren Gefühlen hemmungslos freien Lauf lassen.

Eine Weile sprach niemand ein Wort. Rubin hatte viele Fragen, doch er spürte, es war nicht der Moment, sie zu stellen. Die Stille stand wie eine durchsichtige Wand im Raum.

Er fühlte Erleichterung, als sein Handy klingelte. Zum Glück war es weder die Bürgermeisterin noch Schwarze. Es war Bernstein.

»Was gibt es?«

»Heiße Neuigkeiten aus Absurdistan!«

»Einen Moment, Bernstein.« Rubin wandte sich den beiden Frauen zu: »Bitte entschuldigen Sie«, dann ging er nach draußen auf den Marktplatz, um ungestört reden zu können.

Er genoss die Kühle, den leichten Wind, der sich von den Dächern herabsenkte.

»Ich bin ganz Ohr, Bernstein.«

»Mein Lieber, der Himmel hängt voller staunenswerter Zeichen, die wir nur richtig deuten müssen: Soeben erhielt ich den Anruf eines besorgten Mitbürgers, der auf drastischste Weise seine Verwunderung zum Ausdruck brachte, dass in Bad Löwenau die Toten quicklebendig durch die Nacht spazieren.«

»Tote spazieren? Bernstein, komm auf den Punkt.«

Rubin lief auf und ab, Freitag tappte neben ihm her, die Ohren aufgerichtet, als würde er mithören.

»Der besorgte Mitbürger«, fuhr Bernstein fort, »dessen Name so unaussprechlich ist, dass ich ihn besser unerwähnt lasse, um den Armen vor phonetischen Zumutungen zu schützen, ist ein Nachbar Serkans. Er hat in der Zeitung von dessen Tod gelesen und wollte von mir den Todeszeitpunkt erfahren. Ich antwortete: gegen dreiundzwanzig Uhr.

Daraufhin rief der Mann entsetzt die Heilige Jungfrau Maria an und bat um die sofortige Vergebung aller Sünden, denn er hatte Serkan nach dreiundzwanzig Uhr noch aus seiner Wohnung gehen sehen.«

»War es wirklich Serkan?«

»An diesem Punkt ist unserer gottesfürchtiger Freund in der Tat ein wenig voreilig: Er sah wohl einen Mann, der die Wohnungstür zweimal hinter sich abschloss und in geduckter Haltung in Richtung Marktplatz lief. Doch er konnte nur mutmaßen, dass es Serkan war, denn der Mann trug wegen des Regens eine Kapuze.«

»Keinen Schirm?«

»Keinen Schirm, nur eine Kapuze.«

»Du erinnerst dich, dass an Serkans Jacke keine Kapuze war.«

»Genau so ist es.«

»Was hatte der Mann für eine Jacke an?«

»Eine dieser wasserdichten Wetterjacken, mit denen die furchtlosen Hobbyabenteurer die Dschungel unserer Innenstädte durchstreifen. Die Farbe konnte unser Zeuge wegen der Dunkelheit nicht genau bestimmen. Nur so viel ist klar: Die Jacke war zweifarbig.«

»Hatte der Mann etwas bei sich?«

»Er trug eine Plastiktüte. Es sah danach aus, als hätte er etwas aus der Wohnung geholt.«

»Konnte dein Informant die Tüte näher beschreiben?«

»Sie war durchsichtig und in derselben Art, wie Hassan sie in seinem Mini-Supermarkt verwendet.«

»Konnte er erkennen, was drin war?«

»Nein, keine Chance.«

»Ha!«, rief Rubin so laut, dass Freitag erstaunt den Kopf in seine Richtung reckte.

Rubin imitierte mit einem breiten Grinsen Bernsteins Tonfall und Ausdrucksweise: »So lass uns hoffen, Bernstein, dass sich der nächtliche Besucher auch ordentlich die Schuhe abgeputzt hat!«

»Wie meinst du das?«

Rubin räusperte sich. »Das, mein Lieber, erkläre ich dir später.«

»Wie wär's mit heute Abend bei Ricardo? Acht Uhr?«

»Einverstanden.«

26

Rubin hatte sich während des Gesprächs mit Bernstein nicht weiter als ein paar Schritte von der Eingangstür der Apotheke entfernt. In der Zwischenzeit hatte kein Kunde den Verkaufsraum betreten.

Als er mit Freitag wieder in das Innere trat, musste er erstaunt feststellen, dass nur noch Iris Adler da war.

»Wo ist Bianca?«, fragte er.

»Kurz nachdem Sie nach draußen sind, ist sie auf und davon.«

»Ich habe sie nicht zur Tür hinausgehen sehen.«

»Sie hat den Hinterausgang benutzt. Was ist hier los, können Sie mir das erklären?«

»Noch nicht, Frau Adler.«

»Hat Bianca etwas mit Serkans Tod zu tun?«

Rubin machte eine vage Geste. »Haben Sie etwas dagegen, wenn ich einen Blick in Ihre Aufenthaltsräume werfe?«

Iris Adler zeigte Rubin ein Zimmer direkt hinter dem Verkaufsraum. Es war geräumig und hatte zwei Fenster, die auf den Hinterhof zeigten. An der Stirnseite war ein Waschbecken angebracht, in der Mitte befanden sich ein Tisch und zwei Stühle. An den Wänden Bücherregale, Bilder und Kunstdrucke. In der Luft hing ein feiner Duft nach Rosmarin und Rosenöl. Freitag nahm sogleich Witterung auf, schnüffelte an Zimmerblumen und an einer Reihe von Straßenschuhen, die ordentlich paarweise unter dem Waschbecken standen. Dann, wie auf ein geheimes Signal hin, ließ der Golden Retriever sich mitten auf dem Teppich nieder und leckte sich die Pfoten.

»Das ist Biancas Zimmer«, sagte Iris Adler. »Da sie meine einzige Mitarbeiterin ist, habe ich ihr den Raum überlassen. Mein Büro ist gegenüber.«

»Sie hat sich hier ein zweites Zuhause geschaffen«, sagte Rubin. »Ist sie auch außerhalb der Geschäftszeiten hier?«

»Ja, sie hat mich gefragt, ob sie an den Abenden hier lesen und arbeiten kann. Ich habe nichts dagegen gehabt. Im Gegenteil: Hat es nicht etwas von einem unschuldigen Kinderzimmer?«

»Woran hat sie gearbeitet?«

»Homöopathie. Das ist ihr großes Thema. Sie bildet sich in alternativen Heilverfahren fort, besucht regelmäßig Seminare und Vorträge.«

»Ist ihr Interesse allgemein, oder hat sie bestimmte Fragen, auf die sie eine Antwort sucht?«

Iris Adler runzelte die Stirn und dachte nach.

»Die Frage habe ich mir noch nie gestellt, aber jetzt, da Sie es sagen: Wir haben oft diskutiert, was an der Homöopathie Hokuspokus ist und was nicht. Ebenso, was in der Schulmedizin ausgemachter Blödsinn ist, der nur dem Gewinn der Pharmaindustrie dient. Bei alldem hat sich für Bianca in letzter Zeit ein Thema herauskristallisiert.«

»Seit etwa einem halben Jahr?«

»Ja, ungefähr seitdem.«

»Das Thema, um das es ging, war: Herzschwäche.«

Iris Adler sah Rubin erstaunt an. »Ja, tatsächlich! Darum ging es immer wieder. Sagen Sie nur, das hat etwas mit dem Medikament zu tun, das Sie mitgebracht haben?«

Rubin nickte und schilderte Iris Adler kurz die Situation.

»Bianca hat versucht, den armen Serkan zu heilen?«, sagte sie leise.

Wieder nickte Rubin.

»Aber warum? Stand sie ihm so nahe?«

»Überlegen Sie«, sagte Rubin.

Iris Adlers Augen weiteten sich. »Nein, das gibt es doch nicht! Bianca hatte eine Affäre!«

»Warum wundert Sie das?«

Iris Adler spitzte die Lippen, und ihre Augen funkelten. »Manchen Frauen traut man so etwas zu, anderen nicht. Und Bianca gehörte eindeutig zu den Frauen, zu denen eine Affäre nicht passt. Sie ist seit Jahren liiert, sie ist ordentlich, gewissenhaft, verantwortungsbewusst. Nein, sie hat keine Affäre!«

»Vielleicht war es nicht nur eine Affäre«, sagte Rubin. Er ließ seinen Blick durch den Raum schweifen und fragte: »Kann ich mich noch einen Moment umsehen?«

»Es sind Biancas Sachen, nicht meine. Ich bin drüben, wenn Sie mich brauchen.«

Rubin betrachtete die Bilder an den Wänden. Die Kunstdrucke zeigten Werke von van Gogh und Monet.

Es gab auch abstrakte Bilder auf Leinwand. Das mussten Serkans Bilder sein. Die Farben waren grell und dick aufgetragen und bildeten an vielen Stellen Nasen. Rubin erinnerte sich unwillkürlich daran, dass sein Großvater ihn immer geschimpft hatte, wenn er beim Streichen des Lattenzauns Nasen hinterließ.

Auf dem Tisch befanden sich Bücher, akkurat in Buchstützen angeordnet. Die meisten waren Werke zur Naturheilkunde. Doch die interessierten Rubin nicht. Er suchte nur ein einziges Buch, eine Sammlung mit den schönsten Liebesgedichten in einem geblümten Einband.

Auf dem Tisch lag es nicht. Stattdessen entdeckte Rubin etwas anderes: einen Reiseführer Türkei und ein Wörterbuch Deutsch/Türkisch. Direkt daneben der Stadtplan der Großen Stadt. Doch die Gedichte waren nirgendwo.

Hatte Bianca sie vielleicht zu Hause?

Er ließ sich auf einem Stuhl nieder und dachte nach. Freitag gesellte sich zu ihm, und Rubin kraulte ihm den Hals.

Er erinnerte sich daran, dass er als Junge, wenn er etwas vor seinen Eltern hatte verstecken wollen, häufig den Fehler gemacht hatte, einen Platz zu wählen, der zu entlegen war. Sicherer war ein Versteck, das gar keins war und deshalb von niemandem beachtet wurde.

Rubin ging zurück in den Verkaufsraum und fragte Iris Adler: »Hat Bianca einen festen Platz an der Theke?«

»Die Kasse, vor der Sie stehen.«

Die Kasse stand auf einer Verkaufstheke mit den üblichen Kleinartikeln wie Salbeibonbons, Hautcremes und Traubenzucker.

Darunter, für den Kunden unsichtbar, gab es offene, tiefe Fächer.

Rubin ging in die Knie und entdeckte eine Tasse Tee, ein angebissenes Brot und ein zerfleddertes Telefonbuch. Er griff in das Fach. An dessen Ende ertastete er etwas Hartes und Flaches.

Er zog hervor, was er gesucht hatte: »Die schönsten Liebesgedichte«.

Iris Adler hatte ihn neugierig beobachtet, jetzt nickte sie anerkennend.

»Ich glaube, ich habe mich immer in Bianca getäuscht«, sagte sie.

Rubin schlug die erste Seite auf. Er zumindest hatte sich in Serkan nicht getäuscht. In fast kalligrafischer Schönschrift las er die folgende Widmung:

Für meine Bianca – du schlank und rein wie eine Flamme,
du wie der Morgen zart und licht
In Liebe, auf ewig Dein, Serkan

Rubin klappte das Buch zu und bat Iris Adler um die Adresse der gemeinsamen Wohnung von Bianca Reich und Frank Schirner.

Als er mit Freitag die Apotheke verließ, war ihm seltsam zumute.

27

Bianca öffnete die Tür. Sie sah ihn aus geröteten Augen an, dann schlug sie den Blick nieder.

»Darf ich eintreten?«, fragte Rubin.

Sie gingen durch einen schmalen Flur, der einen ähnlichen Geruch verströmte wie das Café Schirner. Eine süße, trockene Mischung aus Backteig, Vanille und abgestandenem Kaffee. An der Garderobe hing Franks Bäckerkleidung, direkt daneben befand sich ein zweiteiliger Spiegel in einem pastellgrünen Rahmen. Zwei Türen gingen nach links ab, eine nach rechts. Zum Wohnzimmer geradeaus führte eine Holztür mit Milchglaseinsatz.

Es war kühl im Zimmer, ein Fenster stand weit offen. Bianca ging, es zu schließen. Das Wohnzimmer strahlte eine nüchterne Ordnung aus, es waren keine Bücher zu sehen, ein überdimensionierter Fernseher beherrschte den Raum. Davor befand sich ein niedriger Couchtisch mit einer Glasplatte. Dem Sofa und den beiden Sesseln sah man seine Herkunft aus einem skandinavischen Einrichtungshaus deutlich an.

»Bitte nehmen Sie Platz, Herr Rubin«, sagte Bianca. Sie blickte auf Freitag. »Braucht der Hund etwas?«, erkundigte sie sich.

»Er heißt Freitag und ist sehr zufrieden.«

Rubin legte den Band mit Gedichten auf den Tisch.

»Verzeihen Sie, dass ich Ihr Eigentum an mich genommen habe. Aber ich brauchte einen Beweis.«

»Ich verstehe«, sagte Bianca. Ihre Augen strahlten plötzlich eine unerwartete Härte aus. »Und welchen Schluss ziehen Sie, Herr Rubin?«

»So weit bin ich noch nicht.«

Bianca ballte die Fäuste und presste sie gegen ihre Oberschenkel. Mit bebender Stimme sagte sie: »Es gibt Dinge, die blöd klingen, wenn man sie beim Namen nennt. Deshalb ist es das Beste, wenn man sie verschweigt und Taten sprechen lässt. Aber ich kann jetzt nichts mehr tun. Ich muss es aussprechen: Ich habe Serkan geliebt. Ich liebe ihn noch immer.«

Rubin schwieg. Was hätte er auch sagen können? Er spürte, dass Bianca ihr Herz erleichtern wollte, und nickte ihr zu. Sie begann unsicher.

»Ich hätte nie gedacht, dass ich das mal machen würde: Frank betrügen. Aber ich habe die Liebe zu Serkan nie als Betrug empfunden. Nachdem ich ihn kennengelernt hatte, habe ich angefangen, Frank mit anderen Augen zu sehen.«

»Wie lange bist du mit Frank zusammen? Ich darf doch Du sagen?«

»Ja, natürlich dürfen Sie. Frank und ich kennen uns seit dem Kindergarten. Wir sind in dieselbe Klasse gegangen, hier in Bad Löwenau. Ich habe Abitur gemacht, Frank hat nach der mittleren Reife die Ausbildung bei seinem Vater begonnen. Wir haben alles zusammen gemacht. Wir sind sogar gemeinsam zur Tanzstunde gegangen. Ich habe immer gedacht: Das ist so, das ist mein Leben! Frank ist mein Mann! Wir haben seit unserer Jugend gemeinsame Freunde, unsere Familien verstehen sich gut … auch wenn das bei der Familie Schirner nicht immer einfach ist.«

Rubin nickte wissend. Bianca senkte ihre Stimme.

»Ich wusste lange Zeit nicht, dass mir überhaupt etwas fehlte.«

Sie atmete tief durch, strich sich eine Strähne ihres blonden Haares aus der Stirn, dann fuhr sie fort. »Ich habe einmal einen schönen Satz gelesen: ›Das Leben macht uns manchmal blind für die einfachsten Dinge.‹«

Bianca neigte den Kopf zur Seite, während sie weitersprach. »Serkan war so vollkommen anders. Nicht nur anders als Frank. Er war anders als alle Menschen, die ich kenne. Er hat mich nie angemacht oder so, er war nie aufdringlich. Es hat sich alles ganz natürlich entwickelt. Ich weiß, es klingt ein bisschen kitschig, wenn ich es so sage, aber: Wir waren füreinander bestimmt.«

»Ihr hattet gemeinsame Interessen«, sagte Rubin.

»Ich habe mich bei ihm verstanden gefühlt, aufgehoben. Er hat sofort begriffen, warum ich manchmal beim Anblick eines schönen Bildes in Tränen ausgebrochen bin. Oder wenn ich vor Begeisterung über ein schönes Gedicht minutenlang unfähig war zu sprechen. Serkan besaß eine große Leidenschaft für schöne Dinge, seine Neugierde war grenzenlos. Wir haben gemeinsam viele wunderbare Entdeckungen gemacht und durch unsere Begeisterung und Hingabe Erfahrungen gesammelt, die nicht jeder macht. Dabei hat die Liebe zur Kunst Serkan niemand in den Schoß gelegt. Seine Familie und sein Bruder bestimmt nicht!«

»Hat Serkan sehr unter seinem Bruder gelitten?«

Bianca überlegte einen Moment.

»Gelitten vielleicht nicht, aber er musste fast alles, was er tat, gegen die Widerstände seines Bruder tun. Das zermürbt mit der Zeit.«

»Du hast aber auch keinen Mitstreiter in Sachen Kunst, oder?« Rubin ließ seinen Blick über die nüchterne Wohnzimmereinrichtung schweifen.

»Das ist richtig. Frank hat für Kunst und Literatur nichts übrig. Er tut das alles als Quatsch ab und sagt immer: ›Das ist Biancas Kram.‹ Neuerdings gibt er sich ein wenig Mühe, so zu tun, als hätte er Verständnis, aber das hat er nicht.«

»Hat Frank keine Hobbys?«

»Frank? Nein, er hat keine Hobbys. Manchmal geht er mit seinen Eltern kegeln, ansonsten verbringt er die Abende vor dem Fernseher, wenn er nicht im Büro Abrechnungen macht. Er arbeitet viel zu viel. Er ist so fleißig. Ich habe ihm oft gesagt, er soll mal kürzertreten, aber er hat immer geantwortet, es ginge nicht anders. Er tut mir wirklich von Herzen leid.«

In Biancas Augen schimmerten Tränen, ihr Teint sah plötzlich fast durchsichtig aus.

Rubin atmete tief durch, unwillkürlich sah er zu Freitag hinüber, der auf dem Boden lag, die Schnauze sanft auf seine Pfoten gebettet. Hin und wieder gab er einen leisen Laut von sich, ein Schnalzen oder ein behagliches Atmen. Schließlich fragte Rubin:

»Seit wann hast du von Serkans Herzkrankheit gewusst?«

Bianca antwortete nicht sofort.

»Mir war von Anfang an klar, dass mit ihm etwas nicht stimmt«, sagte sie schließlich. »Etwas Geheimnisvolles umgab ihn. Aber seine Müdigkeit und seine Kraftlosigkeit hatten nichts Romantisches. Er hat nicht gerne darüber gesprochen.«

»Wie hat er selbst seine Situation gesehen?«

»Er hat sich nichts vorgemacht«, antwortete Bianca leise. »Er hat gewusst, dass er keine hohe Lebenserwartung hatte.«

»Du hast Serkan unterstützt. Hast du alternative Medikamente für ihn finden können?«

Bianca blickte zu Boden. »Ja, wir haben unterschiedliche Präparate ausprobiert. Einige waren gut, andere nicht. Wir haben viel versucht. Dann habe ich eine spezielle Kur für ihn zusammengestellt, die ziemlich gut angeschlagen ist. In letzter Zeit ist es Serkan deutlich besser gegangen, er wirkte stärker, die Müdigkeit war kaum noch spürbar. Nur selten hat es noch Rückschläge gegeben. Und wenn wir zusammen waren, haben wir fast vergessen, dass es diese furchtbare Sache überhaupt gab. Als ich eben die Tabletten gesehen habe, ist alles über mir zusammengestürzt. Ich kann nur hoffen, dass Serkan die Medikamente nicht verwechselt hat. Er musste eine ganz bestimmte Reihenfolge einhalten. Ich würde mir mein Leben lang Vorwürfe machen, wenn ich …«

»Ich bin zwar kein Arzt, Bianca, aber ich glaube, ich kann Sie beruhigen. Serkan hat sich stark genug gefühlt, die Anstrengungen eines Studiums auf sich zu nehmen.«

Bianca runzelte die Stirn. »Das wissen Sie, Herr Rubin?«

Rubin nickte und fragte: »Wolltest du gemeinsam mit Serkan Bad Löwenau verlassen?«

Bianca senkte ihren Blick und nahm sich Zeit für eine sehr einfache und sehr mutige Antwort.

»Ja, Herr Rubin. Ich wollte mit Serkan ein neues Leben beginnen.«

Wieder, wie zuvor in der Adler-Apotheke, herrschte eine lange Stille. Aber sie war diesmal keine Wand, die sie voneinander trennte.

Rubin ergriff als Erster das Wort und fragte: »Was denkst du? Wie viel weiß Frank von eurer Liebe?«

»Bis vor Kurzem bin ich mir noch sicher gewesen, dass er nichts weiß. Dabei habe ich oft seltsame Ahnungen gehabt.«

»Welcher Art?«

»Ich habe gedacht, er spioniert hinter mir her. Einmal, als ich mit Serkan im Park gewesen bin, dachte ich, ich hätte Frank im Gebüsch entdeckt.«

»Was du nicht sagst!«, rief Rubin.

»Er hat aber nie eine Andeutung gemacht. Er war sogar in letzter Zeit besonders nett zu mir. Er hat mir einmal Blumen gebracht.«

Bianca rang mit den Tränen. Als ob sie ihre gesamte Kraft in ihrer Hand bündeln wollte, ballte sie zitternd eine Faust und sagte mit überraschend fester Stimme:

»Ich habe einen schrecklichen Verdacht, Herr Rubin!«

Sie griff in ihre Hosentasche und holte einen Schlüsselbund heraus.

»Das sind die Schlüssel zu Serkans Wohnung. Den Schlüsselanhänger habe ich ihm vor einem Monat geschenkt. Ich habe den Bund in Franks Jacke gefunden.«

Rubin sagte nichts.

»Serkans Handy war auch in Franks Jacke. Es war kaputt, das Display war gesprungen. Herr Rubin, ich weiß nicht, was ich machen soll, ich …«

Ein klapperndes Geräusch aus dem Flur ließ sie verstummen.

Rubin ergriff Biancas Hand und flüsterte: »Mach einfach gar nichts! Verhalte dich so wie immer.«

Er ließ Biancas Hand wieder los, und im nächsten Moment öffnete sich die Wohnzimmertür: Frank Schirner stand im Raum. Entgeistert starrte er zuerst auf Bianca, dann auf Rubin, zuletzt ängstlich auf Freitag.

Niemand wusste, was er tun sollte, jeder verharrte wie eingefroren. Mit Ausnahme von Freitag, der den Kopf reckte und Rubin einen fragenden Blick zuwarf.

Schließlich erhob sich der Hauptkommissar von seinem Sessel, legte eine Hand auf seine Brust und brach in einen fürchterlichen Hustenanfall aus.

Er hustete trocken und krampfhaft. Freitag spitzte die Ohren. Rubins Gesicht verfärbte sich dunkelrot.

»Sie sehen ja, Bianca«, keuchte Rubin, »wie es um mich steht. Heute Nachmittag hatte ich noch nichts. Urplötzlich ist es da. Ich bin Ihnen sehr dankbar, dass Sie mir dieses homöopathische Mittel genannt haben. Ich werde es sogleich bei Frau Adler bestellen. Ich habe damit ein viel besseres Gefühl als mit den Chemiebomben, die zu sehr den Magen angreifen.«

Er wandte sich zur Tür, Freitag sprang an seine Seite. Der Hauptkommissar hustete, als hätte seine letzte Stunde geschlagen.

28

»Wie schöne isse, wenn Amor schieße seine Pfeile, nur isse dumm, wenn treffe falsche«, rief Ricardo und warf die Hände in die Höhe. Er klopfte Bernstein auf die Schulter, der nicht einmal zusammenzuckte.

Sie saßen bei Ricardo im Restaurant, an einem der hinteren Tische, und genossen Bier und Wein. Rubin hatte den beiden soeben berichtet. Freitag hatte einen Knochen spendiert bekommen, den er in aller Gemütsruhe zerkaute.

Bernstein sagte: »Schlank und rein wie eine Flamme, das ist gut, das hätte mir auch einfallen können! Na ja, vielleicht doch ein bisschen zu schwülstig!«

Rubin grinste.

Bernstein hatte für diesen Abend einen Seemannspullover in meliertem Grau mit hohem Rollkragen gewählt. Er trug Cordhosen, die er auf einem Wochenmarkt in Manchester erstanden hatte, dazu eine Baskenmütze und seine Lesebrille, die er nicht brauchte.

Sein Notebook stand zugeklappt auf dem Tisch.

»Also haben wir ein romantisches Liebesdrama – wie herzergreifend!«, sagte Bernstein. »Mord aus Eifersucht! Romeo trifft Julia, doch der Bäckersmann hat etwas dagegen!«

»Nicht so böse, Bernstein«, sagte Rubin. »Frank Schirner ist kein Dummkopf und auch kein eiskalter Killer.«

»Trotzdem ist Serkan jetzt tot wie eine tote Maus in der Backstube.«

Rubin nickte.

War es zutreffend, wenn man behaupten wollte, dass Rubin Frank von Anfang an im Verdacht gehabt hatte? Das wäre vielleicht zu viel gesagt. Allerdings hatte Rubin eins stutzig gemacht: Frank hatte bei ihrem ersten Gespräch zu vehement Serkan, Hassan und den Laden abgelehnt. Die Reaktion war unangemessen gewesen. Warum hatte er sich so verhalten? Zum einen wollte Frank seinem Vater gefallen. Frank tat das meiste in seinem Leben, um dem Familientyrann zu gefallen. Das war die eine Seite. Andererseits hatte Rubin sich gefragt, warum er so heftig ablehnend auf einen Menschen reagiert hatte, von dem er behauptete, er kenne ihn gar nicht.

Beim zweiten Treffen in der Polizeiinspektion war die Reaktion auf Serkan sogar noch leidenschaftlicher gewesen, erweitert um eine seltsame Form von Unsicherheit. War es vielleicht das schlechte Gewissen, das ihn hatte zittern lassen? War es auch das schlechte Gewissen, das ihn angetrieben hatte, Rubin aufzulauern? Im Park und am Abend, als er »Da Ricardo« verlassen hatte? Rubin war von den Verfolgungen nicht eingeschüchtert gewesen. Sie hatten auf ihn eher wie ein Spiel gewirkt, ein Räuber-und-Gendarm-Spiel.

Am Mittag in der Polizeiinspektion hatte Rubin sich zu folgender Taktik entschlossen: Er hatte, um Frank aus der Reserve zu locken, den Charakter Serkans ein wenig aufpoliert, hatte einen tadellosen, überaus sympathischen Menschen beschrieben. Wenn Frank der Täter war, dann würde ihm jetzt unmissverständlich klar werden, dass er einen der Guten auf dem Gewissen hatte. Da er kein eiskalter Killer war, musste ihn das entsetzen.

So war es auch geschehen. Frank hatte die wahre Dimension seiner Tat erkannt und konnte sich nicht anders helfen als durch verzweifelte Überreaktion, die ihn im selben Moment enttarnte.

Rubin hatte dieses Verfahren schon häufiger angewendet. Er wusste, wir Menschen sind von unseren Handlungen allzu häufig derart überzeugt, dass wir blind werden für das wahre Ausmaß dessen, was wir tun. Unsere Motive scheinen unsere Taten zu rechtfertigen, sie erscheinen als gut, nur weil wir dieses oder jenes Motiv haben.

Gleichzeitig zeigen uns unsere Taten, wer wir sind. Das hatte auch Frank Schirner zuvor erkannt, allerdings auf seltsame, auf indirekte Weise. Er hatte vom Café aus beobachtet, wie sein Vater Rubin angegriffen hatte. In dieser Szene sah er seine eigene Tat gespiegelt. Daraufhin war der verzweifelte Wunsch in ihm aufgestiegen, seine Tat ungeschehen zu machen. Er hatte den naiven Gedanken, sich durch eine Entschuldigung der Tat seines Vaters von seiner eigenen Tat reinzuwaschen. Die Entschuldigung war in Wahrheit ein stummes Geständnis.

Nun bestand die ganze Kunst darin, den Täter zu überführen und ihn zu einem eindeutigen Geständnis zu bringen, das auch vor Gericht Bestand haben würde.

»Wir haben die Hausschlüssel von Serkans Wohnung und das Handy als Beweis«, sagte Bernstein und nippte an seinem Rotwein.

»Das ist so gut wie nichts«, entgegnete Rubin. »Frank wird behaupten, beides auf dem Marktplatz gefunden zu haben.«

»Er hätte Sache bringe musse Büro der Funde.«

»So lässt sich ihm höchstens Unterschlagung von Beweismaterial vorwerfen.«

»Auf dem Handy ist bestimmt Biancas Nummer zu finden. Mit Sicherheit hat er auch persönliche SMS gespeichert«, sagte Bernstein.

»Bianca sagt, das Telefon sei defekt.«

»Aber die Nummern sind doch auf der SIM-Karte gespeichert.«

»Sie sind worauf gespeichert?«, fragte Rubin verständnislos.

Bernstein schüttelte den Kopf. »Mein lieber Rubin, du bist und bleibst ein Mann des letzten Jahrhunderts.«

Er schnipste mit den Fingern, tippte dann mit den Fingerspitzen gegen seine Schläfen, spitzte die Lippen und formulierte sehr langsam und überlegt: »So lasst uns denn, Freunde, anders fragen: Hat Frank ein kugelsicheres Alibi für die Tatzeit?«

Rubin winkte ab. »Sein Vater wird alles bezeugen, was gegen Serkan und Hassan geht«, sagte er.

»Und wenn wir den Finsterling unter Druck setzen, ich meine so richtig kaltblütig, nach Chicago-Art?«, intonierte Bernstein und machte eine schwungvolle Armbewegung, die einem Flamencotänzer zur Ehre gereicht hätte.

»Vergiss es, Bernstein!«

Rubin nippte an seinem Bier und sah in eine andere Richtung. Er wollte ein wenig Ruhe in die Diskussion einkehren lassen.

Im Hintergrund liefen die Nachrichten. Ricardo spielte heute nicht seine italienischen Schlager. Der Radiosprecher berichtete von einem Erdbeben in Chile und einer Flutkatastrophe in Indien.

Rubin schüttelte den Kopf. Bernstein tippte jetzt mit den Fingerspitzen gegen seine Lippen und sagte tatsächlich deutlich weniger aufgekratzt:

»Überlegen wir genau, was wir haben. Wir haben einen Schlüsselbund, aber kein Sesam-öffne-dich. Wir haben ein Handy, aber keine Funktion. Und wir haben eine Gewissheit: Frank war in Serkans Wohnung! Er wollte sich sicher nicht nur die Füße aufwärmen.«

»Er hat Spuren verwischen wollen und dabei einen ganzen Haufen neuer mit seinen verdreckten Schuhen hinterlassen«, bemerkte Rubin.

»Woher weißt du, dass hat Franke hat gebrachte Dreck in Wohnung?«, fragte Ricardo.

»Es ist eine schöne Tradition des Ostens, beim Betreten der Wohnung die Schuhe auszuziehen und den Straßendreck dort zu lassen, wohin er gehört.«

»Was genau hat gesucht Franke?«

Bernstein boxte Ricardo sanft gegen die Schulter. »Er wollte die Spuren der Liebe auslöschen, Ricardo! Diese zarten, für Außenstehende völlig unbedeutenden und für Verliebte so unendlich kostbaren Dinge. Die Spuren, die jemand hinterlässt, der für die süße Dauer einer Leidenschaft zu Gast ist: Zahnbürste, Bettlektüre, rosafarbene Dessous mit herzrotem Spitzenbesatz und so weiter.«

Rubin verdrehte die Augen und schüttelte den Kopf. Bernstein fuhr unbeirrt fort:

»Die Frage ist: Wer wusste von dem Verhältnis? Doch nur Serkan, Bianca und er! Noch nicht einmal Hassan hatte einen Schimmer! Nachdem er Serkan in den Hades geschickt hatte, so dachte Frank, musste er lediglich alle Dinge verschwinden lassen, die von der Liaison zeugten. Er musste groß reinemachen und alles unter den Teppich kehren, was in die Backstube seiner heilen Welt nicht hineingehörte. Die Logik ist so einfach wie schlagend:

Wo keine Liebe ist, ist auch keine Eifersucht, also scheidet sie als Tatmotiv aus. Frank musste bloß sicher sein, dass die Polizei bei der Ermittlung keine Verbindung zwischen Bianca und Serkan herstellen konnte. Damit war er aus dem Schneider.«

»Woher wusste Franke, dass keine Mensch sonst von Liebe wisse?«

»Das, mein lieber Ricardo, hat ihm das Opfer, unser armer Serkan höchstpersönlich, mit dem letzten Atemzug offenbart! In der Sekunde seines Todes.«

»Hm«, meinte Rubin und trank sein Bier aus. Dann sagte er: »Und doch war Franks Reinemachen nicht gründlich genug.«

Er griff in seine Jackentasche und legte die Kunstkarte von Chagall mit dem handschriftlichen Text von Bianca auf die Tischdecke.

»Etwas übersieht man immer.«

Bernstein klatschte in die Hände. »Bei allen Malern, Musen und Museen dieser Welt! Das ist ein Beweisfoto ganz nach meinem Geschmack!«

Gerade in diesem Moment bog Caterina um die Ecke und brachte drei Salate mit Scampis, Thunfisch und Sardellen. Eine junge Bedienung trug ein Tablett mit frischen Getränken.

Ricardo verteilte die Speisen an die Freunde, Bernstein die Getränke.

Den Mund voll mit Tomaten und Sardellen nuschelte Ricardo: »Buon appetito, amici, weiß ich jetzt, was musse mache. Mache so wie bei Fußball, musse Gegner zwinge Fehler mache. Musse mache Angriff so, dass Gegner mache Foul in Strafraum – so kriege schön Elfmeter!«

Ein Strahlen huschte über Bernsteins Miene, der sichtlich die Verbindung von schwerem Bardolino, Scampis, Knoblauch und Tomaten in seinem Gaumen genoss. »Das ist doch genau das Richtige für uns«, schwärmte er.

»Ich habe auch schon eine Idee«, sagte Rubin und schwenkte die Kunstkarte in seiner Hand. »Bernstein, wirf deinen Computer an! Was hältst du davon, wenn Bad Löwenau morgen früh in deiner Kolumne in etwa das Folgende zu lesen bekommt …«

29

Da liegt ein Toter im Brunnen, Teil 2

Liebe Bad Löwenauer,
heute habe ich Ihnen Erstaunliches zu berichten: Die Dramatik der Ereignisse nimmt rasante Fahrt auf. Das Bild der Tat am Löwenbrunnen, der unser Mitbürger Serkan Arslan zum Opfer fiel, wird klarer; und die Stadt erzittert, zumindest ihr Rat: Unsere Bürgermeisterin hat für heute eine Krisensitzung der Stadtabgeordneten einberufen. Sie folgt damit instinktsicher einem alten politischen Erfolgsrezept: Rufe eine Krise aus und setze dich selbst als Krisenmanager ein – alle werden dir blind folgen.
Ich bin mir sicher, Frau von Roth wird der Größe ihrer Aufgabe gerecht werden.
Einstweilen war Hauptkommissar Christoph Rubin nicht untätig. Es erhärten sich die Hinweise, es könnte bei dem Mord an Serkan Arslan doch keinen fremdenfeindlichen Hintergrund geben. Vielmehr deutet einiges darauf hin, dass eine uralte menschliche Leidenschaft der Grund für Serkans vorzeitiges Verscheiden ist: Eifersucht. Zwar ist die Liebe, wie es heißt, eine Himmelsmacht, doch wenn sie im falschen Herzen blüht, erwächst eine dornenreiche Distel aus ihr. Wieder einmal, so scheint es, kehrt die menschliche Natur ihre dunkelste Seite nach außen. Die Taten, die aus Liebe geschehen, sind die gemeinsten, weil der Täter meint, im Recht zu sein.
Überdies ist Hauptkommissar Christoph Rubin ein sensationeller Fund gelungen. Ein anonymer Hinweis hat ihm ein Foto in die Hand gespielt, das den Täter am Brunnen zeigt in eiskalter Verrichtung seiner tödlichen Arbeit. Leider ist das Foto nicht besonders scharf. Wie es offiziell heißt, befindet sich das Beweisstück zurzeit in kriminaltechnischer Bearbeitung. Mit dem Ergebnis werden wir frühestens morgen rechnen können.
Was mögen wir dann wohl erfahren über Serkan, die Liebe seines kurzen Lebens und den unbekannten rachsüchtigen Dritten?

Ich halte wie immer Augen und Ohren für Sie offen und werde berichten.
Herzlich
Ihr Carl Bernstein

Am Vormittag, nicht lange nach Erscheinen der Kolumne, suchten Rubin und Bernstein Bianca in der Adler-Apotheke auf.

Sie hatte eine schlaflose Nacht verbracht und sah noch zerbrechlicher aus als tags zuvor.

»Wie geht es dir?«, fragte Rubin.

Sie sagte nichts. Bernstein hielt sich im Hintergrund und tauschte hie und da ein Lächeln mit Iris Adler, doch ihm entging kein Wort der Unterhaltung.

»Hast du dich verhalten wie immer?«

»Ich habe es versucht.«

»Hat Frank Verdacht geschöpft?«

»Ich weiß es nicht«, sagte sie mit matter Stimme. »Ich weiß einfach gar nichts mehr.«

»Hör zu, wir haben eine Bitte an dich. Wir brauchen Franks private E-Mail-Adresse.«

Bianca zögerte, schien mit ihrer Verzweiflung zu hadern und den letzten Resten einer Loyalität, die seit vielen Jahren ihre einstigen Gefühle für Frank ersetzt hatte.

»Wofür brauchen Sie die?«

»Das erklären wir dir später.«

Bianca atmete noch einmal tief durch, dann nannte sie ihnen die Adresse.

Als Absender wählte Bernstein Donquichotte@sanchopansa.de.

Er hatte für verschiedene Gelegenheiten ein Sammelsurium von unterschiedlichen E-Mail-Adressen eingerichtet.

Noch in der Adler-Apotheke versandten sie die Mail von Bernsteins Smartphone mit folgendem Text:

Das Bild, von dem in der Zeitung die Rede ist, gibt es nicht nur in einer schlechten Qualität, sondern auch in einer sehr guten. Und darauf sind Sie eindeutig als Täter zu erkennen! Wie wir dieses kleine Problem zu einer für beide Seiten zufriedenstellenden Lösung bringen können, dafür habe ich einen Vorschlag: Kommen Sie heute Abend um 23h zum Brunnen. Allein.

Ein Mensch, der es gut mit Ihnen meint.

30

Zwei Stunden später besprach Rubin mit Jana Cerni die Einzelheiten der geplanten Aktion am Löwenbrunnen. Er wollte die Polizistin unbedingt dabeihaben. Er war sich sicher, sie würde Bianca heute Abend die nötige weibliche Unterstützung bieten können.

Während der Besprechung klingelte sein Telefon. Die Bürgermeisterin hatte Bernsteins Kolumne gelesen und erklärte, sie habe eigens die laufende Stadtratssitzung unterbrochen. Ihre Stimme klang hell und singend.

»Herr Rubin, ich möchte Ihnen meine Hochachtung zum Ausdruck bringen. Ich gratuliere zu Ihrem sensationellen Ermittlungserfolg! Sie haben Großartiges geleistet! Ja, man kann es nicht anders nennen. Ich wusste von Anfang an, dass ich mich voll und ganz auf Sie verlassen kann. Sie haben sich wahrhaft um die Stadt verdient gemacht. Sie haben den Bürgerinnen und Bürgern unserer wunderschönen Kurstadt die Bestätigung geliefert, die wir alle brauchen und verdienen: Bad Löwenau hat nichts gegen Fremde, die Stadt ist weltoffen! Jetzt werden auch die Kurgäste wieder zum Löwenbrunnen strömen.«

»Wir haben den Täter noch nicht überführt, Frau Bürgermeisterin«, merkte Rubin an.

»Ihre Bescheidenheit ehrt Sie, Herr Rubin. Aber ich weiß, auch das abschließende Ergebnis wird nur eine Frage der Zeit sein. Einstweilen ist das Wichtigste geschafft! Deshalb danke ich Ihnen und Ihrem Team auch im Namen des Stadtrates ganz besonders für Ihr Engagement, Ihren Willen und Ihren Einsatz für unsere Stadt!«

Rubin wollte den Dank gerade ein zweites Mal abwehren, da hatte die Bürgermeisterin bereits aufgelegt. Es war ihm gerade recht, so musste er nichts Überflüssiges hinzufügen.

Zur selben Zeit stand Bernstein im großen Redaktionsraum des Bad Löwenauer Anzeigers seinem Verleger Helmut Sulzbach gegenüber. Der untersetzte Mann mit dem kahlen Schädel und dem runden roten Gesicht warf sich in seinen Sessel, grinste zufrieden und steckte sich zur Feier des Tages eine Cohiba an. Der schwere, trockene Rauch seiner Zigarre verbreitete sich langsam wie Morgennebel in dem überhitzten Raum.

Ayse war auch anwesend. Bernstein hatte sie nicht in ihren Plan eingeweiht, hatte in der Morgenkonferenz lediglich farbenfrohe Andeutungen gemacht, dass an diesem Abend eine entscheidende Wendung im Fall zu erwarten sei, kurz: Er hatte mit vielen schönen Worten nichts gesagt – was die Neugierde seiner Kollegin erst recht entfacht hatte.

Sulzbach ließ genüsslich seinen Blick über die aufgeschlagene Zeitung auf seinem Schreibtisch wandern. Er stieß eine große graue Rauchwolke aus.

»Na, siehst du, Carl, es geht doch«, brachte er dünn und heiser hervor, »allmählich wächst du in deine Verantwortung für die Stadt hinein! Die Kolumne von heute Morgen ist dein Meisterstück. Ich gratuliere. Du bist endlich zur Vernunft gekommen und beginnst die Dinge zu sehen, wie sie sind. Bloß das mit der Bürgermeisterin als Krisenmanagerin, das würde ich an deiner Stelle noch mal überdenken.«

Bernstein trug eine schwarze Zimmermannshose mit einem groben Leinenhemd, dazu grüne Turnschuhe und ein kariertes Sakko, das er im schottischen Aberdeen bei einem indischen Schneider erstanden hatte. Er stand sehr fest und sehr konzentriert da. Auf dem Rücken ballte er die Fäuste.

Er sah zu Ayse hinüber. Sie biss sich auf die Lippen und rieb ihre Hände.

Bernstein lächelte ironisch und sprach nicht eine Silbe, während er im Geist bereits die ersten Sätze einer neuen Kolumne formulierte – die stolzen, wilden, furchtlosen Reiter einer rasanten Gegenattacke!

Das Erscheinen von Bernsteins Kolumne hatte unter der Bevölkerung eine völlig andere Reaktion ausgelöst. Eine kleine Panikwelle setzte ein.

Dutzende Bad Löwenauer drängten zur Polizeiinspektion und wollten freiwillig Aussagen zu ihrer Entlastung machen. Sie wollten keinesfalls auch nur zufällig in den Verdacht der Täterschaft geraten.

Ein Mann um die siebzig, der mit seinem Schwiegersohn gekommen war, sagte: »Man weiß ja, wie unscharf die Bilder bei Verkehrskontrollen sind, da will ich nur sicherstellen, dass wir es nicht gewesen sein können. Ich meine am Löwenbrunnen, als das mit dem Jungen da passiert ist.«

Ein anderer gab zu Protokoll: »Also ich muss ganz deutlich sagen, dass ich zur Tatzeit bei meiner Schwester war. Die hatte Geburtstag, sie ist sechsundfünfzig geworden. Die ganze Familie war da, das können alle bezeugen.«

Selbst ein Junge, der in die fünfte Klasse ging, war gekommen, um ein Alibi für die Tatzeit anzugeben. Er hatte aufgeschnappt, dass er damit seine Note für Sozialverhalten aufbessern könnte.

Polizeiobermeister Schwarze wuchs die Sache über den Kopf. Er war gezwungen, alle Aussagen aufzunehmen und die besorgten Bürger zu beruhigen. Er suchte Rubin in seinem Büro auf und fragte verzweifelt: »Was soll ich bloß mit den ganzen Aussagen anfangen?«

Rubin legte die Hand auf Schwarzes Schulter und sagte: »Sammeln Sie alles und dann stecken Sie den Kram in den Reißwolf.«

31

Schwer wie eine feuchte Wolldecke lag die Nacht über dem Marktplatz.

Die Luft war erfüllt vom Rauch der Kamine, dem sich ein leichter, beißender Schwefelgeruch beimischte.

Niemand war zu sehen. Der Platz war wie ausgestorben. Genau darauf hatte Rubin gebaut.

Einzig dass es nicht regnete, bedauerte er. Trotzdem würde er an dem Plan in seiner ursprünglichen Form festhalten – so wie er es mit Bernstein und Ricardo abgemacht hatte.

Sie lagen auf der Lauer, es war kurz vor dreiundzwanzig Uhr.

Rubin verbarg sich mit Freitag hinter der Nordfassade der Polizeiinspektion. Er konnte unbeobachtet um die Hausecke peilen und hatte den gesamten Marktplatz im Blick. Sein Stockregenschirm lehnte an der Steinwand.

Bernstein hatte seinen Wachposten neben Hassans Mini-Supermarkt eingenommen.

Einer Intuition folgend trug er an diesem Abend einen grauen Trainingsanzug mit Kapuze, seine grellrote wattierte Sportweste und nagelneue Joggingschuhe. Er hielt seinen großen gelben Regenschirm bereit in der Hand.

Rubin und Bernstein standen in Telefonkontakt. Sie tauschten Beobachtungen. Jeder informierte den anderen unmittelbar darüber, was dieser nicht sehen konnte. Ihren vier Augen konnte keine Bewegung auf dem Marktplatz entgehen. Und was sie nicht sehen konnten, das konnte Freitag wittern. Er war dicht an Rubins Seite, spitzte die Ohren und schnüffelte.

Jana Cerni wartete mit Bianca Reich im Hausflur von Irmgard Rathenow neben dem Hotel am Marktplatz. Die Polizistin ließ die Tür einen Spaltbreit offen, um das abgemachte Zeichen nicht zu verpassen.

Bianca hatte wie vereinbart Franks Sporttasche mit den Beweisstücken dabei.

Auf dem Marktplatz gab es seit einer Viertelstunde keine Veränderung.

Dann sahen sie ein Paar, das Arm in Arm aus dem Hoteleingang trat und gleich wieder um die Ecke bog.

Darauf erblickten sie eine vertraute Gestalt: Hausmeister Schulte schwankte träge über den Marktplatz. Er blieb kurz am Löwenbrunnen stehen, kratzte sich am Schädel und hielt eine Flasche unter eine der Wasserfontänen.

Rubin zischte: »Schulte, mach dich vom Acker!«

Als ob er die Worte des Hauptkommissars gehört hätte, setzte Schulte seinen Weg fort und verschwand in den Gassen hinter der Adler-Apotheke.

Eine ganze Zeit lang geschah nichts. Es war nun schon nach dreiundzwanzig Uhr.

Bernstein sagte: »Er ist unpünktlich, unser böser Bube. Muss er noch die Backstube fegen?«

Während sie weiter Ausschau hielten, klarte der Himmel auf. Die Feuchtigkeit verflog, und vereinzelt waren neben dem Mond, der beinahe seine volle Größe erreicht hatte, sogar blass funkelnde Sterne zu erkennen. Mit Regen war nun endgültig nicht mehr zu rechnen.

Schließlich löste sich eine Gestalt aus der Dunkelheit der Gassen hinter dem Marktplatz. Ein Mann in einem grauen Mantel, der ihm bis über die Knie reichte, näherte sich. Er trug eine Kapuze über dem Kopf und ging langsam, zögerlich und immer wieder ängstlich um sich blickend.

Er steuerte den Löwenbrunnen an, dessen Löwenfiguren im Mondlicht kreidebleich schimmerten. Kurz vor Erreichen des Brunnens machte er wieder kehrt. Jedoch mit nur wenigen Schritten. Dann ging er wieder zurück, die Hände in den Taschen vergraben, unablässig um sich blickend.

Rubin und Bernstein beobachteten jede Bewegung des Mannes. Es war Frank Schirner. Er war tatsächlich gekommen.

»Auf geht's, Bernstein«, sagte Rubin und schaltete sein Telefon aus.

Auf das Kommando hin entfalteten die Freunde ihre Schirme

und hielten sie wie Schilde vor ihre Gesichter, sodass Frank sie nicht erkennen konnte.

Zu Freitag sagte Rubin schon im Gehen: »Sitz!«

Der Golden Retriever gehorchte, wenn auch sichtlich widerwillig.

Im Schutz der Schirme schritten Rubin und Bernstein zielstrebig dem Löwenbrunnen entgegen. Frank, der die beiden Männer schon bemerkt hatte, war ganz offensichtlich irritiert, dass sie Regenschirme trugen.

Rubin und Bernstein ließen die Schirme so lange aufgespannt, bis sie nahe bei Frank waren, der anscheinend noch immer nicht erkannt hatte, wer sich ihm näherte.

Dann, besonnen und ohne jede Eile, senkte Rubin als Erster den Schirm. Es wirkte wie das Abnehmen einer Maske. Kurz drauf zeigte Bernstein sein Gesicht, nachdem er seine letzten Schritte deutlich beschleunigt hatte.

Frank war starr vor Entsetzen.

»Guten Abend, Frank«, sagte Rubin gelassen. »Erwartest du heute Abend jemand Bestimmten hier am Löwenbrunnen? Oder vielleicht etwas Bestimmtes? Ein Beweisfoto vielleicht?«

Frank stotterte: »Beweisfoto? Was soll das heißen? Ich weiß nicht, wovon Sie sprechen, Herr Rubin. Ich habe mir nur ein bisschen die Beine vertreten wollen.«

Bernstein grinste und sagte: »Nun ja, mein lieber Lustwandler, dann interessiert es dich wahrscheinlich auch nicht, dass das Foto in Wahrheit ein Gemälde ist.«

Rubin griff in seine Manteltasche und zog die Kunstpostkarte heraus.

»Die hier hast du in Serkans Wohnung übersehen.«

Er hielt das Bild der Engel von Chagall in die Höhe.

Frank schüttelte den Kopf und sagte mit schwacher Stimme: »Das sagt mir nichts. Wirklich nichts.«

Rubin drehte die Karte um und zitierte Biancas Worte an Serkan auf Deutsch, so gut er sie in Erinnerung behalten hatte.

Frank begann zu schwanken, er riss sich die Kapuze vom Kopf und suchte am Löwenbrunnen Halt.

Unterdessen hatten auch Jana Cerni und Bianca ihr Versteck verlassen. Wie verabredet erschienen sie jetzt am Brunnen.

Beim Anblick seiner Freundin überfiel Frank blankes Entsetzen. In wirrem Wechsel starrte er auf sie, seine Sporttasche in ihrer Hand und auf Rubin.

Bianca sprach zunächst keinen Ton und schüttelte nur den Kopf. Dann, langsam und überlegt und in keiner Weise aggressiv, sagte sie:

»Das hätte ich nie von dir gedacht, Frank.«

Frank verzog sein Gesicht unter Qualen und rief heiser: »Es ist nicht so, wie ihr denkt. Es ist alles ganz anders. Ich ...«

Doch bei den letzten Worten versagte seine Stimme, er rang keuchend nach Atem. Alle konnten das Drama verfolgen, das sich in seinem Kopf abspielte.

Dann, ganz plötzlich, fand Frank seine Fassung wieder. Er holte einmal tief Luft, spannte seinen Körper –

– und lief davon.

Bernstein hatte damit gerechnet. Er warf seine rote Weste ab und nahm augenblicklich die Verfolgung auf. Frank rannte über das Kopfsteinpflaster in Richtung Polizeiinspektion, Bernstein war ihm dicht auf den Fersen. Als die beiden die Häuserecke erreichten, schlug Freitag an. Er wollte gerade zum Lauf ansetzen, da rief Rubin in letzter Sekunde:

»Freitag, hierher! Sofort!«

Freitag ließ von der Verfolgung ab und bellte den Läufern hinterher, wusste aber nicht, was er stattdessen tun sollte. Rubin wiederholte seinen Befehl, Freitag folgte und trabte zum Löwenbrunnen, während Frank und Bernstein bereits im Labyrinth der Gassen verschwunden waren.

Für Minuten konnten die Zurückgebliebenen keinen der beiden mehr sehen.

Rubin stand am Löwenbrunnen und ließ den Marktplatz nicht für einen Moment aus den Augen. Er hatte kurzzeitig überlegt, ob er auch die Verfolgung aufnehmen sollte, doch er wusste aus Erfahrung, dass er dabei keine gute Figur machen würde.

Er vertraute voll und ganz dem Trainingszustand seines Freundes. So konnte es nur eine Frage der Zeit sein, bis Bernstein Frank eingeholt haben würde. Eine Zeit, die jedoch langsam, zäh und angespannt verstrich.

Schließlich tauchte Frank Schirner wieder aus der Dunkelheit auf. Er bog aus einer Gasse hinter der Adler-Apotheke, sein Kopf war hochrot. Seinen Mantel hatte er irgendwo abgeworfen. Dicht hinter ihm lief Bernstein in kräftigen, regelmäßigen, wohlgesetzten Schritten. Obwohl er fast doppelt so alt war wie Frank, keuchte er nur halb so laut.

Frank rannte schnurgerade auf den Löwenbrunnen zu. Wollte er sich nun doch stellen? Rubin musste Freitag am Halsband fassen, damit er nicht dazwischenging.

Frank kam abrupt vor Rubin zum Stehen. Er starrte ihn an, leicht vornübergebeugt, wie auf der Lauer, keuchend und mit tiefer Verachtung in den Augen. Er raunte:

»Okay, es hat ja keinen Sinn. Ich gebe es zu. Aber ich kann alles erklären.«

Bernstein blieb zwei Schritte hinter ihm. Bianca trat auf sie zu. Sie hatte Tränen in den Augen, und es war nicht klar, was sie vorhatte. Sie wirkte fast so, als wolle sie Frank in den Arm nehmen, um ihm zu verzeihen. Ihre Blicke kreuzten sich, Frank bebte am ganzen Leib und erwartete offensichtlich, dass sie das Wort an ihn richtete. Stattdessen sagte sie nichts, sie sah ihn nur an, mit einem leeren, unheilbar traurigen Blick. Dem konnte Frank nicht standhalten, er wankte und stieß seine Faust unter einem fürchterlichen Schrei in die Richtung von Biancas Kopf.

»Du Hure!«, schrie er.

Obwohl Bianca keinen Versuch unternommen hatte, seinem Angriff auszuweichen, traf sein Schlag ins Leere. Bianca war wie in Trance, ganz in ihrer Traurigkeit verschlossen.

Frank taumelte und stolperte nach vorne, doch nur ein kurzes Stück. Im nächsten Augenblick spürte er die entschlossene Kraft von vier kräftigen Händen. Rubin und Bernstein ergriffen ihn gemeinsam, und Rubin zwang ihn mit Polizeigriff in die Knie.

Ein letztes, verzweifeltes Mal schrie Frank: »Du Hure!« Doch seine Stimme war kaum mehr als ein heiseres Röcheln.

32

Jana Cerni wollte Frank Handschellen anlegen, doch Rubin schüttelte den Kopf.

»Ich denke, das wird nicht nötig sein.«

»Soll ich ihn abführen, Chef?«

»Noch nicht. Später.«

Frank stand an den Löwenbrunnen gelehnt und blickte zu Boden. Er machte eine Unschuldsmiene. Aber schämte er sich tatsächlich für seinen Wutausbruch, für seine sinnlose Flucht, ja, für seine Tat?

»Du hast dir alle Mühe gegeben, deine Spuren zu verwischen. Doch etwas vergisst man immer«, sagte Rubin.

Rubin trat zu Bianca und nahm die Sporttasche von Frank an sich. Er öffnete sie und holte einen Schuh aus der Tasche.

»Wir werden eine kriminaltechnische Untersuchung einleiten, die den Dreck an deinen Schuhen mit dem Schmutz in Serkans Wohnung vergleicht. Du ahnst vielleicht, welches Ergebnis wir damit erzielen werden. Du kannst also gleich zugeben, dass du in Serkans Wohnung gewesen bist«, sagte Rubin.

»Also gut, es stimmt, ich war in Serkans Wohnung! Aber es ist alles nicht so, wie es aussieht«, erwiderte Frank.

»Du wolltest in Serkans Wohnung die Spuren der Liebe zwischen Bianca und Serkan verwischen.«

Frank horchte auf. Das Wort »Liebe« bereitete ihm sichtbar Qualen. Doch er unterdrückte eine weitere Schmähung.

Bernstein nutzte die Pause und sagte: »Dabei hast du vor Aufregung ganz deine Kinderstube vergessen und dir die Schuhe nicht abgeputzt. Das war nicht schön von dir!«

Frank spannte die Kiefermuskeln an und atmete durch die Nase.

»Oder lag es daran, dass der kaltblütige Mord zuvor deinen Sinn für Anstand ein klein wenig ins Wanken gebracht hat?«

Frank riss die Augen auf. »Es war kein Mord!«, rief er. »Und ich bin kein Mörder! Ich kann alles erklären.«

»Meiner Treu, es war also kein Mord?«, fuhr Bernstein mit einer ausladenden Geste fort, die ein Fechter vollführt, bevor er eine Attacke einleitet. »Dann sage mir, welcher Begriff passt besser auf das, was sich hier vor genau drei Tagen zugetragen hat?«

Frank schwieg, er dachte nach, etwas in seiner Miene zeigte fast so etwas wie Erleichterung.

»Gestatte, dass ich versuche, dir auf die Sprünge zu helfen.«

Bernstein warf sich in Rednerpose. »Seit einiger Zeit schon spürtest du im Gewölbekeller deines Herzens, dass in der Beziehung zu Bianca nicht mehr alles so wie am Anfang war. Aber du dachtest: Das ist eben so, das ist der Lauf der Dinge.

Du sahst das Ganze eher von der praktischen Seite. Schließlich bist du ein praktischer Mensch, so ist dein Vater, so bist du erzogen. Und auch die Liebe hat für dich etwas Praktisches. Sie ist keine Himmelsmacht, die von den nachtblauen Engeln Chagalls auf die Erde hernieder getragen wird.

Du kennst Bianca seit deiner Kindheit. Sie kennt dich. Was gibt es zu meckern? Das reicht im Großen und Ganzen. Obwohl du noch nicht offiziell im Hafen der Ehe deine Schaluppe vor Anker gebracht hast, verhältst du dich nicht anders als jeder alterskranke Hafenbeckenkapitän bei Dauerflaute: Du bleibst, wo du bist, und schrubbst fleißig das Achterdeck.«

Frank war sichtlich verwirrt. Rubin verfolgte jede Regung seines Gesichtes für einen möglichen Hinweis. Frank schien nicht zu wissen, ob das eine Posse oder ein Verhör war. Gleichzeitig wagte er nicht zu widersprechen. Bianca rückte näher an Jana Cerni heran, die sie fürsorglich in den Arm nahm.

Bernstein fuhr unbeirrt fort: »Doch deine praktische Ader erleidet bald einen Blutstau. Deine Bianca beginnt sich zu verändern. Wie kühn von ihr! Huch, denkst du, sie tut plötzlich Dinge, die ich nicht verstehe. Ja, sie erwärmt sich für die Abenteuer der Poesie, sie verharrt stundenlang vor einem Bild und fühlt sich gut dabei, besser als mit mir.

Und mehr noch: Du ahnst, da ist etwas im Busch. Ein anderer Kerl. Bianca trifft sich regelmäßig mit einem Typen.

Und wenn die Liebe zuvor zwar nicht heiß wie ein Schmelzofen in dir brannte, so kochen nun Eifersucht, Kränkung und Demütigung umso brodelnder. Zumal die besondere Kränkung darin besteht, dass deine Bianca sich mit dem Mitglied einer Familie eingelassen hat, die deine eigene heilige Familie auf den Tod nicht ausstehen kann.

Also beginnst du, deiner Liebsten hinterherzuspionieren. Warum auch nicht, schließlich bist du ja im Recht! Und kurze Zeit später auch vollständig im Bilde. Da siehst du, wie Bianca Serkan im Park küsst, und zwar ausgedehnt, gefühlvoll, mit einer romantischen und fast schon beneidenswerten Lust an der Hingabe.«

»Woher wollen Sie das wissen?«, rief Frank selbstbewusst und sah zum ersten Mal seit einer Weile Bianca wieder direkt in die Augen.

»Woher? Woher?«, rief Bernstein und machte eine Geste, als werfe er einen unsichtbaren Hut in die Höhe. »Das ist nicht entscheidend. Wichtig ist, was das Erlebnis in dir ausgelöst hat. Denn du hast kurz darauf einen teuflischen Plan gefasst: Du wolltest deinen Nebenbuhler ins Nirwana jagen!«

»Nein, das stimmt nicht«, sagte Frank jetzt überraschend ruhig. »So war es nicht. Das können Sie mir nicht unterstellen.«

»Nein, wirklich nicht?«

Bernstein sprang auf den Brunnenrand mit Blick auf das Café Schirner.

»Von dort kamst du«, sagte Bernstein und deutete auf den Eingang des Cafés, »mit einem eiskalten Plan. Du wolltest Serkan zur Rede stellen, ihm eine Abreibung verpassen. Mehr noch: Du wolltest ihn kaltmachen, für immer loswerden! Du hast ihn abgepasst und ihn abgemurkst!«, rief er und machte einen Satz vom Brunnen herab.

Frank sprang zur Seite. »Nein, nein, das ist alles nicht wahr! Es ist ein Versehen gewesen, ein blödes Versehen. Ich konnte nichts dafür. Ich wusste ja nicht, dass …«

Er sah zu Bianca hinüber. Bianca stand da, einfach nur da, einsam an der Seite von Jana Cerni.

Bernstein ergriff erneut das Wort: »Du hast Serkan am Brunnen abgepasst. Du wolltest nur reden, nicht wahr? Aber du warst dir nicht sicher – was soll man mit seinem Nebenbuhler schon bereden? Soll man ihn beleidigen, soll man diskutieren? Es gibt ein schönes Bad Löwenauer Sprichwort: ›Der Liebhaber deiner Frau kann kein Arschloch sein, denn immerhin hat er sein Herz an dieselbe Person verloren wie du.‹ Da fällt dir auf, dass Serkan sich sehr langsam bewegt und sehr schwer atmet. Da stimmt etwas nicht. Du sprichst ihn auf Bianca an. Versuchte er zu leugnen?«

Frank schüttelte den Kopf.

»Serkan ringt nach Luft. Immer heftiger. Was ist das?, fragst du dich. Falls du es nicht schon längst weißt, hier die Auflösung: Serkan litt unter einem schwachen Herzen. Hast du da schon deine Chance gewittert?

Du fragst dich: Was kann ich tun? Hast du lange für die Antwort gebraucht? Und, was tust du? Du tust – nichts!

Einfach nichts. Vielleicht weißt du tatsächlich nicht, was man in solchen Fällen tut. Vielleicht willst du es auch nicht wissen.

Und dann passiert das Unglaubliche! Serkan verliert das Gleichgewicht, er kippt rücklings in den Brunnen und taucht unter. Konnte er noch etwas sagen?«

»Nein, er hat nichts mehr gesagt. Es war, wie Sie sagen, ein schrecklicher Unfall. Ich konnte nichts tun.«

»Du fragst dich jetzt: Was um Himmels willen soll ich unternehmen? Die Gelegenheit ist günstig. Niemand ist zu sehen. Vor den Fenstern der Häuser am Marktplatz sind die Läden schon geschlossen. Und wir alle wissen: Sobald die Sonne versunken ist, boxt nicht gerade der Papst im Kettenhemd auf unserem Marktplatz. Außerdem will jeder seine Ruhe und seinen Frieden und bleibt hinterm Ofen. Warum also nicht einfach das Schicksal seinen Lauf nehmen lassen, ohne sich dabei selbst die Hände schmutzig zu machen?

So musst du nichts anders tun als abwarten. Tu gar nichts, bleib, wo du bist. Dein Kopf und dein Herz sind leer wie ein leerer Swimmingpool. Mit eisiger Standhaftigkeit rührst du nicht einen Finger, wartest in unendlicher Geduld, bis Serkan tot ist.«

»Ich weiß, es war ein Fehler. Ich weiß auch nicht, was da in mich gefahren ist. Ich war wie gelähmt«, sagte Frank mit einer Aufregung, die auf Rubin ein wenig gespielt, ein wenig übertrieben wirkte. Wie bei einem schlechten Schauspieler sagten die gestelzten Gesten etwas anderes als der ruhige, überlegte Ausdruck in Franks Augen.

»In jedem Fall ist es schließlich geschafft«, fuhr Bernstein unbeirrt fort, »der Bursche blubbert nicht mehr. Jetzt kannst du mit Bianca wieder ganz von vorne beginnen. Der Zufall war der Helfershelfer deines neuen Glücks. Doch damit nicht genug: Du willst Bianca noch eine kleine Lektion erteilen, willst ihr einen falschen Hinweis geben, dass ihr geliebter Serkan einer zweifelhaften Familie angehörte. Du steigst in den Brunnen und drapierst die Leiche so, dass Serkans Arm auf den Mini-Supermarkt zeigt. Du klagst an: Da ist der wahre Bösewicht zu suchen!

Fehlt noch ein Letztes: Dir fällt ein, dass du die Spuren der Beziehung zwischen Bianca und Serkan verwischen musst.

Das ist wohlbedacht: Keine Liebe, keine Eifersucht! Keine Eifersucht, kein Verdacht! So wärst du fein aus dem Schneider gewesen.

Du steigst also noch einmal in den Brunnen und leerst Serkans Taschen, nimmst sein Handy und seine Schlüssel an dich.

Wie fühlt es sich an, in den Klamotten eines Toten zu stöbern?

Kurz darauf bist du in Serkans Wohnung hineinspaziert und wolltest großreinemachen. Schade, dass du keinen Sinn für Kunst hast, so hast du die entscheidende Spur übersehen. Es könnte nicht schaden, wenn du –«

»Lass gut sein, Bernstein«, unterbrach Rubin seinen Freund, der sich anschickte, seiner Phantasie einen größeren Spielraum zuzubilligen, als im Moment nötig war.

Plötzlich klingelte Rubins Handy. Er stellte sich ein wenig abseits.

»Herr Professor Dr. Schmittbauer!«

Der Anruf währte nur kurz, Rubin trat zurück zu den anderen.

»Das war die Gerichtsmedizin mit dem Ergebnis der Blutuntersuchung«, sagte er mit einem eisigen Blick auf Frank.

»Tja, mein lieber Bernstein, du hast uns da eben eine gute Geschichte erzählt, leider hat sie einen kleinen Haken: Sie ist nur teilweise wahr. Die tatsächliche Todesursache war Arsen!«

33

Das Restaurant »Da Ricardo« verströmte an diesem Abend die Aura eines mediterranen Hafens. Zum letzten Mal in dieser Saison verwöhnte Ricardo seine Gäste mit seinem speziellen Muschelgericht, denn der Februar war der letzte Monat, der auf »r« endete. Und Ricardo nahm die alte Regel sehr ernst.

Der Duft nach Meer und Weite durchdrang das Restaurant, gewürzt mit dem Aroma von Weißwein, von gedünsteten Zwiebeln und einem Hauch von Knoblauch. Es waren nur noch wenige Gäste da.

»Caterina«, rief Ricardo, »komme hier und bringe schöne Bier und Bardolino für Christophe und Carlo. Und für Freitag Schälche Aqua! Subito!«

Die drei Männer saßen an einem Tisch hinter einem niedrigen Vorsprung, Freitag schielte unschlüssig nach einer Dackeldame, drei Tische entfernt, traute sich aber nicht, ihre Bekanntschaft zu suchen.

Das dazugehörige Ehepaar, beide schlank und sportlich gekleidet, verlangte die Rechnung. War es Zufall oder Absicht, dass ihre Kleidung vollständig in Blau-Schwarz gehalten war und sich nahtlos in das Erscheinungsbild des Restaurants einfügte?

»Ich habe einen Hunger wie zwei Berserker! Und Durst wie eine ganze Fußballmannschaft nach einem gewonnenen Lokalderby!«, sagte Bernstein.

Frank Schirner war in Untersuchungshaft. Er hatte alles gestanden.

»Irgendwie ein bisschen schade, dass meine Geschichte nicht passgenau den Tatsachen entsprochen hat. Mir hat sie sehr gut gefallen, und bei meiner Ehre: Ganz und gar falsch war sie auch wieder nicht. Mir hat nur ein winziges Detail gefehlt.«

»Das hat mir auch gefehlt, buchstäblich bis zur letzten Minute«, bemerkte Rubin.

»Bei allen Paragrafen und ihren tolldreisten Reitern, ein Hoch auf unsere Bürokratie! Das nenne ich eine wahrhaft moderne Arbeitsweise: Lieferung just in time!«

»Ich hätte Frank diese Kaltblütigkeit nicht zugetraut«, sagte Rubin. »Tatsächlich hatte er alles von langer Hand geplant. Seitdem er hinter die Affäre von Bianca mit Serkan gekommen war, war er nur noch von einem einzigen Gedanken getrieben.«

»Rache für die Erniedrigung, die Pein der Eifersucht. Dass er allerdings so leicht an das Arsen rangekommen ist, erstaunt mich und erschüttert ein wenig mein Vertrauen in die hohe Kammerjägerzunft«, sagte Bernstein.

Ricardo runzelte die Stirn. »Wieso, woher hatte er das Arsen?«

»Frank hat es bei einem Kammerjäger gekauft, als Gift gegen die Mäuse und Ratten in der Backstube. Da der Mann Frank seit Kindertagen kannte, hatte er keinen Verdacht geschöpft«, sagte Rubin.

»Da hat sich der Manne leider selber arbeitslos machte«, sagte Ricardo.

»Er hat bestens am Arsen verdient«, beruhigte ihn Rubin.

»Und dann, wie hat bekomme Arsen in arme Serkan?«, wollte Ricardo wissen.

»Er hat Serkan seit langer Zeit schon beobachtet, wenn dieser zum Löwenbrunnen ging, um sein Heilwasser abzufüllen. An jenem Abend vor drei Tagen war die Gelegenheit günstig. Er passte ihn ab und stellte ihn zur Rede, und Serkan gestand seine Liebe zu Bianca. Aber er fühlte sich nicht gut, war in Atemnot und schwitzte. Er öffnete seine Jacke. Währenddessen stellte er die Flasche, die er gerade mit Heilwasser gefüllt hatte, auf den Brunnenrand. Frank nutzte die Gelegenheit und gab das Arsen hinein. Serkan trank einen Schluck des vergifteten Heilwassers. Der Rest hat sich so abgespielt wie in Bernsteins Erzählung.«

»Mamma mia«, rief Ricardo, »wie tute mir Bianca leide! War Serkan ihre große Liebe?«

»Ja«, sagte Bernstein, »er war ihre große, dramatische Liebe!«

Caterina kam mit den Getränken.

»Meine Schöne, bin iche froh, dass dich habe!«, rief Ricardo und drückte der überraschten Caterina leidenschaftlich einen schmatzenden Kuss auf die Lippen. Sie sah ihn mit großen Augen an, schüttelte zaghaft den Kopf und – errötete. Als Rubin genauer hinsah, konnte er erkennen, dass ihre Augen ein wenig glänzten.

Ricardo erhob sein Glas. »Lasse uns trinke auf Amore!«

»Ja, lasst uns auf die Liebe trinken und auf die Dinge, die es wert sind, geliebt zu werden!«, sagte Bernstein.

Rubin nickte voller Zustimmung.

Alle erhoben ihr Glas und leerten es in einem Zug. Freitag schlürfte zufrieden sein Wasser aus seinem Schälchen.

Rubin war es nach dem Bier warm geworden. Er zog sein Sakko aus und fühlte dabei in der Innentasche das schmale Buch, das ihm Buchhändler Weimar für Bernstein mitgegeben hatte. »Das Leben ist zu wichtig, um ernst genommen zu werden« von Tom Smart.

»Ich habe ganz vergessen, dir das Buch zu geben«, sagte Rubin.

Bernstein grinste. »Hast du ein wenig darin geblättert?«

Rubin nickte.

»Weißt du was? Behalte es, mein Lieber. Es ist mein Willkommensgruß an dich. Gut, dass du wieder bei uns bist, alter Räuberhauptmann.«

Sie waren beinahe mit den Muscheln fertig, als die Melodie von »Hell's Bells« von AC/DC aus Bernsteins Jackentasche erklang. Es war das Zeichen für eine eingegangene SMS. Ein Strahlen huschte über seine Miene.

»Die Nachricht ist von meiner bezaubernden Kollegin Ayse – Volltreffer! Ich habe ihr heute Mittag sehr lange und sehr intensiv nichts und rein gar nichts von unserer Aktion erzählt, bis sie es schließlich nicht mehr ausgehalten hat. Wenn auf eines Verlass ist, dann auf die Neugierde der Damenwelt. Ich werde Ayse in einer halben Stunde treffen. Ich muss mir nur noch rasch die passende Garderobe überlegen.«

Kurz darauf verabschiedeten sich die Freunde. Ricardo begleitete sie zur Tür.

»Bisse morge, amici.«

Bernstein bog hinter dem Restaurant in die Gassen, aufgekratzt und bester Dinge. Er hoffte, dass die Nacht noch etwas für ihn in petto hielt.

Rubin wusste, seine Frau würde bereits schlafen, wenn er nach Hause kam. Wie üblich würde er versuchen, so leise wie möglich zu sein, um sie nicht zu wecken. Morgen beim Frühstück würde er ihr alles bei einer Tasse Earl Grey mit viel Milch erzählen.

Er schlenderte über den Marktplatz, vorbei am Löwenbrunnen. Die Nacht war klar und mild. Freitag lief an seiner Seite, nie weiter als einen Schritt entfernt. Einmal blieb er unvermittelt stehen und reckte den Kopf.

Rubin kraulte das Fell des Golden Retrievers.

Dank

Mein herzlicher und besonderer Dank gilt Dáša, Martin Pfeiffer, Heiner Bindhardt, Roland Pietryga und dem unermüdlichen Team des Emons Verlags.